수상한 고등학교, 마음을 달래는 순간

발 행 | 2022-09-16

저 자 | 이호찬, 반현진, 고건희, 정서린, 이예은, 윤종하, 이태웅,

조유란, 진효지, 최진우, 최휘성, 김민주, 양경인, 김민주,

김가은, 이윤아, 김채린, 김주희, 안소윤, 이현주, 최현서, 배재윤

펴낸이 | 한건희

펴낸곳 | 주식회사 부크크

출판사등록 | 2014.07.15(제2014-16호)

주 소 | 서울 금천구 가산디지털1로 119, A동 305호

전 화 | 1670 - 8316

이메일 | info@bookk.co.kr

ISBN | 979-11-372-9525-4

수상한 고등학교
마음을 달래는 순간

특별히 이 책을 펼친 모든 10대에게
감사의 인사와 응원을 보냅니다.

목차

―

4장

애매함과 아름다움 사이

에필로그 _ 우리들의 못다한 이야기

프롤로그 _ 어렸을 적 내 일기장에는

편집자 배재윤

어렸을 적 저는 글쓰기를 참 좋아하는 아이였습니다. 물론 제가 그런 아이가 될 수 있었던 이유는 어머니의 도움이 컸습니다. 어머니께서는 제게 일기 쓸 소재를 종종 던져주시곤 했습니다. "재윤아, 이번엔 냉장고에 대해 적어볼까? 오늘은 개미에 대해 적어보자."

서랍 2층 한구석에는 초등학교 4학년부터 중학생까지 적었던 일기장이 빼곡했습니다. 비록 희뿌연 먼지가 점점 종이 위에 쌓여 갔지만 10대 시절 추억을 간직한 채 그 자리를 잘 지켜주었습니다. 그런데 제가 대학 입시를 끝내고 가족 모두 이사하던 어느 날, 그때 적었던 일기장들이 모조리 사라져버렸습니다. 아마 이사를 하면서 미처 정리하지 못하고 종이 쓰레기로 분류되었던 모양입니다. 어머니는 아직도 그때 그 일을 늘 후회하며 "그때 네가 그렇게 글을 잘 적었었다."라며 아쉬워하곤 합니다.

어른이 되면 유독 10대를 그리워합니다. 사람들이 그토록 싸이월드 복구를 환영하는 데는 이유가 있습니다. 10대만이 할 수 있는 생각이 있기 때문입니다. 비록 그때의 내가 오글거린다고 난리를 쳐도 속으로 내심 좋아하면서 말이죠. 그러나 저는 10대 시절 기억을 잃어버렸습니다. 가끔은 그때 제가 어떤 생각을 하며 살았을지 늘 궁금합니다.

그래서 저는 유독 이 책이 더욱 소중합니다. 이 책은 제가 아닌 10대 학생들의 글로 채웠습니다. 10대 시절을 잘 간직하고 기억하는 일은 축복입니다. 우리의 10대는 영원하지 않기 때문입니다. 소설 《빨강 머리 앤》에서 마릴라는 어느새 훌쩍 커버린 앤의 모습을 보며 화들짝 놀랍니다.

"세상에, 앤, 언제 이렇게 컸니!" 마릴라는 믿기지 않는다는 듯 말했다. 말끝에 한숨이 따라 나왔다. 마릴라는 알 수 없는 서운함을 느꼈다. 마릴라에게 사랑하는 법을 가르쳐 준 어린아이는 어디론가 사라지고, 그 자리에 진지한 눈빛을 한 키 큰 열다섯 살 소녀가 사려 깊은 조그마한 얼굴을 당당히 들고 서 있었다. 어린아이를 사랑한 만큼 눈앞의 소녀도 사랑했지만, 마릴라는 뭐라 설명할 수 없는 슬픈 상실감이 밀려왔다."

어느새 훌쩍 커버리고 이젠 어른이 되었습니다. 거울에 비친 내 모습을 보면 열여섯 때 풋풋했던 내 모습은 이 세상에 존재하지 않습니다. 이렇듯 우리는 어제의 나와 늘 작별을 고합니다. 그래서 그때 생각을 잘 기록하여 남기는 일이 중요합니다. 사람은 변하지만, 글은 변하지 않습니다. 찢고 버리지 않는 이상 우리 곁을 늘 지켜주기 때문이죠.

스물두 살 군인이었을 때 시를 종종 쓰곤 했습니다. 지금은 왜인지 몰라도 시가 좀처럼 써지지 않습니다. 시가 오글거린다고 느껴지기도 합니다. 어느새 저는 시인이었던 배재윤과 작별했습니다. 하지만 그때 적었던 시는 잘 간직한 채 남아있습니다. 시를 읽으면

스물두 살의 저와 마주하며 대화하는 기분입니다. 언젠가 이 학생들도 커서 어른이 됩니다. 그때 이 글을 읽으면 오글거린다고 덮어 버릴진 모르겠습니다만, 그때 당시 작별했던 나와 잠시 마주하는 한 편의 기적이 되기를. 저는 간절히 꿈꿉니다.

이 책은 총 4장으로 구성되어 있습니다. 1장 "가끔 눈물을 흘려도 괜찮아."에서는 10대 시절 학생들이 겪은 불안과 아픔을 담았습니다. 2장 "우리의 세상을 소개하자면"에서는 지금의 10대가 가진 생각과 가치관이 무엇인지 알 수 있도록 구성했습니다. 3장 "기울어진 마음을"에서는 편향된 시선으로 그릇된 마음을 가지기보다 올바른 시선을 가지길 바라는 10대들의 마음을 담았습니다. 4장 "애매함과 아름다움 사이"에서는 10대 작가가 쓴 3편의 단편소설입니다. 각각의 주제마다 1장과 3장의 내용을 함축해서 담았으며 재이와 현호 그리고 로라의 감동적인 성장 드라마를 담았습니다.

어제의 나와 이별해도 그때 기억을 부디 잃지 말기를. 이 책을 읽는 10대에겐 공감과 위로를 얻을 수 있기를. 이미 지나가 버린 10대에겐 그 시절을 떠올릴 수 있는 한 편의 아름다운 추억이 될 수 있기를.

가을의 문턱을 넘어가는 어느 날
2022. 09. 06.
작가 배재윤 씀.
인스타 : @writerbjy

1장

가끔 눈물을 흘려도 괜찮아

제목 蒙; 어두울 몽

- 나의 악몽이 꿈이 될 때 까지

려화

나는 회피와는 거리가 먼 사람이었다.

미련할 정도로 포기하는 법을 몰랐던 사람.

우직하게 버텨낼 줄 아는 사람.

그게 나의 수식언이었고, 또 나의 신념이 그러했다.

그래서였을까.

열일곱, 소리 없이 번 아웃이라는 악몽이 찾아왔다.

불 꺼진 새벽의 서울처럼 조용하고 암울하게.

종이에 먹이 번지듯 서서히.

아무것도 하고 싶지 않았고

아무것도 할 수 없었다.

친구들과 대화할 때도
밥을 먹을 때도
정말 아무것도
아무것도 느껴지지 않았다.

조금은 어이가 없었다.
그렇게 좋아하는 떡볶이도 맛이 없었고,
그렇게 좋아하던 책을 보고 영화를 봐도 나의 세상은 새벽이었다.

어둡고도 몽롱한.

눈물이 나는 이유를 알지도 못한 채
울다 지쳐 잠들길 반복하고
아침이 오고 내일이 찾아오면
같은 하루가 또다시 시작될까

매일 밤을 잠들어도 잠들지 못하는
모순적이라 무서운 세상 속에서 버텨오길 반복했다.

하루는 나를 미친 듯이 괴롭혔다.
"차라리 이러다가 쓰러졌으면 좋겠어."

또 다른 하루는 나를 미친 듯이 미워했다.
"대체 내가 할 줄 아는 게 뭘까."

잘하는 것도 없고, 좋아했던 것도 잃어버린 나는
그 매일 반복되는 하루하루를 몹시도 두려워했다.
제자리에 멈춰 있으면서 두려워하기만 할 줄 아는 나 자신과
저만치 앞에서 달려가고 있는
찬란하게 빛나고 있을 당신을 비교하며 괴로웠다.
흑과 백처럼 선명히 대조되는 나와 그대는 그 사실만으로 내 소매
를 아리게 하였다.

그저 하염없이 잠만 자는 나 자신이 너무 미웠다.
어느 순간부터 잠만 자고 있는 나를 발견한 순간
나 자신이 한심하고 하찮게 느껴졌다.

미운 나 자신을 똑바로 바라보기 전까지.
나 자신을 있는 그대로 바라보기 전까지.
정말 많은 용기가 필요하다는 걸 알고 있었지만
나는 겁쟁이라 용기를 낼 힘조차 없었다.

초라한 날 그대로 맞이할 자신이 없었고
하찮게 느껴지는 나를 다른 이들에게 보여주기 싫었다.

그런데, 결국에는 인정하게 될 수밖에 없었다.

내가 나조차 인정하지 않는데 그 어떤 누가 나를 인정해 줄까.

그러기엔 이 세상이 내게 너무 가혹하고 서럽진 않을까.

한번 우울한 생각을 시작하면 빠져나올 수 없다고 생각했는데

결국 그 시커면 구덩이에 나를 던져 넣는 것도

다시 나를 끌어 올리려 애쓰는 것도 나 자신 이였다.

오늘도 나는 그 시커면 구덩이 안에 서 있다.

힘겹지만 다시 한번 당신이 건넨 용기라는 줄을 붙잡고 천천히 벽
을 밟아본다.

아직도 내가 나 자신을 있는 그대로 사랑하는 법을

배우는 데까지 오랜 시간이 걸리리라는 것쯤은 알고 있다.

위로 또 위로.

정상이 있으면 밑바닥이 있고,

밑바닥이 있으면 또 정상이 있고.

올라가고 올라가도

언젠가 다시 떨어질 것을 알고 있지만,

그래도 나는 다시 꿈을 꾼다.

다시 한번 잠들기로 한 내겐 꿈이 있으니까.

가장 어두운 새벽을 이겨내고 찾아온 아침일 테니까.

더 이상 나의 꿈은,

나의 아침은 아픔이 아니니까.

오늘도 빛날 당신에게 아침은 찬란할지어니.

fin.

이 세상 모든 '나' 들에게

최진우

　어린 시절 우리는 장난삼아 "나는 커서 ○○이 될 거야" 말하며 뛰놀곤 했다. 안될 거란 걱정이란 찾아보지 못할 정도로 그저 웃고, 떠들고, 노래 부르며 그대들의 창창한 미래를 상상하며 그 기대를 감추지 못했다.

-행복했던 그 시절 그때로 돌아가고 싶다-

　10여 년이 지난 지금 그때의 나는 어디로 갔는지. 입시의 고단함에 찌든 18살의 나만이 거울 속에 갇혀 있었다. 그 시절 패기는 어디로 갔는지. 하고 싶은 것이 무엇이지. 생각이란 것을 생각해보긴 했는지는 아직도 모르겠다. 다만 시곗바늘에 등 밀려 그저 정해진 틀대로 매일매일 똑같은 하루들을 보낼 뿐이다.

-과연 나는 나의 인생을 살고 있는가?-

　늘 그렇듯 새 학기 선생님들은 우리의 진로를 조사하신다. 아직 진로가 정해지지 않은 아이들에게는 가볍게 아직 꿈도 정해지지 않았냐며 나무라시기도 하며 자신들의 경험을 바탕으로 이 아이들에게 조언을 주신다. 어른들은 내게 말한다. 하고 싶은 일을 하며 살아가라고. 후회하지 않을 직업을 선택하라고. 맞는 말이다. 늘 그렇듯 어른들은 옳은 말을 한다. 그 말이 모두에게 옳은지는 알 수 없지만.

-때론 옳은 말이 더 어려울 수 있다.-

내게 매일 질문한다. " 내가 좋아하는 일은 뭐지?" 막막하다. 막막하다 못해 눈앞이 하얗게 변해간다. 가장 쉽고 보편적인 질문 "좋아하는 일은 무엇이지?"

-간단한 것마저 어려울 때는 언제나 찾아올 수 있다-

직업 전문가들은 사람들이 직업을 고를 때 좋아하고, 잘하고, 흥미롭고 이 세 가지 기준을 바탕으로 직업을 결정한다고 말한다. 첫 번째 질문인 내가 좋아하는 일이 무엇인지조차 알 수 없었던 채로 학교에서 진행하는 [진로 적성검사]를 해보았다. 결과는 '보통' 말 그대로 어디서나 볼 수 있는 정직해서 무서울 정도의 똑바른 육각형 모형. 표에 비치는 내 모습에는 '한심'함만이 나를 옥죄이고 있을 뿐이다.

-내가 원했던 결과는 항상 내게 오지 않는다-

검사를 마친 뒤 아무 생각 없이 바다가 보고 싶어졌다. 그길로 떠난 바닷가. 모래사장 속으로 다가오는 잔잔한 파도 소리…. 갈매

기들의 지저귐…. 아이들의 행복한 웃음소리가 바람을 타고 내게 다가왔다. 그 아이들의 모습은 마치 내가 오래전 잃어버렸던 무언가를 속삭이는 듯이 내게로 한순간 다가왔다.

- 사람들은 가끔 중요한 것을 생각하지 못한다-

언제부턴가 나는 스스로가 생각하는 '좋은 직업'이라는 색안경을 쓰고 직업들을 봐왔던 것 같다. 사실 내가 좋아하고 하고 싶은 일이 없었던 게 아니라 그것들이 좋은 평가를 받지 못할 것이라고 쉽사리 단정 짓고 이를 거들떠보지도 않았던 것은 아닐까? 세상을 구성하는 그 수많은 직업을 단지 색안경을 쓰고 좋은 직업, 그렇지 못한 직업 나눠가며 유치한 편 가르기를 하고 있었던 게 아닐까?

-우리는 한없이 유치해지고 그것이 옳다고 생각하는 경향이 있다-

세상을 살아가는 수많은 '나'에게 말하고 싶다. 네가 잘못된 것이 아니라고 꿈이 없다고 '패배자'는 아니라고. 세상에 장점이 하나도 없는 사람은 없다. 우리는 그저 우리의 자리에서 최선을 다하면 그것으로 이미 성공한 것이라고. 살아 숨 쉬는 그것만으로 우리는 이미 완벽하다고.

-여러분은 지금 그대로 완벽합니다-

소중한 존재를 잃은 사람들에게

나에겐 없어서는 안 될 소중한 존재들이 너무나도 많다. 나는 언제나 이 소중한 존재들이 내 곁에 있어 줄 것이라고 믿었지만 그 믿음은 곧 깨지고 말았다.

초등학교 1학년, 새 학기가 막 시작되어 봄이 찾아왔을 때 일이다. 현장 체험학습을 하루 앞둔 나에게 들려온 친할아버지의 비보는 마치 청천벽력 같았다. 그때 아빠가 우는 모습을 처음 보았다. 감히 다가갈 수 없이 슬피 울었고, 어떠한 말로도 위로가 될 것 같지 않았다. 어렸던 내가 할 수 있던 것은 그저 아빠의 등을 토닥여 주는 것뿐이었다.

친할머니는 외롭게 지금까지 혼자 살아오셨다. 가끔 가족들이 할머니 댁에 찾아가 안부 인사를 드리곤 했지만, 가족들이 집으로 떠나면 또다시 감당할 수 없는 외로움이 할머니를 감쌌을 것이다. 자주 찾아뵈리라 다짐했지만, 시간이 지날수록 점점 무관심해졌다. 매번 갈 기회가 있었음에도 학업을 핑계로 가지 않았다.

고등학교에 진학하였고, 기숙사 생활을 하다 보니 부모님과 연락할 틈이 충분하지 않았다.

5월의 어느 날, 시험을 앞두고 있던 날, 친할머니께서 투병 중에 돌아가셨다는 소식을 들었다. 그 소식을 듣고 죄책감에 빠졌다. 방학 때 아버지께서 할머니를 뵈러 갔다 올 시간이 있냐고 물었던 적이 있다. 과제가 쌓여 가지 못할 것 같다고 말했고, 그렇게 올해 설날이 할머니를 마지막으로 뵀던 날이 되고 말았다. 어머니께서는 한 달 전부터 할머니께서 편찮으셨는데 나에게는 미처 말하지 못했다고 말했다. 부모님을 원망했다. 미리 말해주었다면 할머니를 한 번이라도 더 볼 수 있지 않았겠느냐고. 그래도 부모님의 마음이 이해가 간다. 고등학교 진학 후 처음으로 보는 시험에 신경 쓰일 만한 일을 주고 싶지 않으셨을 것이다.

친할머니의 비보를 들은 후 며칠 간은 잠도 잘 이루지 못하고 슬픔에 잠겨있었다. 살아계실 때 더 자주 찾아뵐걸, 꾸준히 전화드릴 걸… 이런 후회들만 남았다.

우리는 소중한 존재들을 만나고, 잃곤 한다. 그때 느꼈던 슬픔은 어느 때보다 힘들 것이다. 주변의 누군가가 이러한 슬픔으로 힘들어하는 것을 본다면 위로의 말을 건네기보단 그저 같이 울어주고 슬퍼해 주는 것은 어떨까. 이미 일어난 일에는 후회하지 말아야 한다. 후회는 죄책감만 커지게 할 뿐 슬픔을 달래는 데에 도움이 되지 않는다.

가능한 한 소중한 존재가 내 곁에 있을 때 신경 쓰도록 노력하자. 후회하게 되지 않도록.

하얀 눈

초이

눈이 소복이 내린 겨울
눈을 보러 사람들은 바깥으로 나간다
덕분에 밤새워 쌓인 하얀 눈들은
발자국이 남고 색이 어둡게 물든다

그래도 나중에 다시 눈이 온다면
더러워진 눈은 새로운 눈으로 덮어지고
다시 하얗게 쌓일 수 있겠지

어쩌면 사람도 그렇지 않을까
컵을 깨거나 시험을 망친 것처럼
우리가 살아가면서 생기는 작고 큰 실수들을

다시 새로운 눈이 내리듯이
컵을 다시 사거나
다음에 시험을 잘 보면
전에 있던 더러운 눈은 볼 수 없을 거라고

우리는 언제나 하얀 눈을 유지할 필요는 없다
우리는 눈에 발자국을 남겨도 된다
눈을 더럽혀도 괜찮다

눈은 언제나 다시 오니까
조금 시간이 걸릴 뿐
하얀 눈은 다시 내리니까

교체

최휘성

세포는 항상 교체된다고 한다. 그냥 교체되는 것을 넘어 어릴 때의 나와 지금의 나는 모든 부분이 바뀌어있다고 한다.

사람들도 그렇다. 사람들도 항상 무언가를 바꾸고 싶어 하고 앞으로 나아가려고 한다. 무언가를 바꾸면 항상 나아지는 줄 안다.

그렇게 하나씩 하나씩 바꿔나가다 보면 무언가 나아지는 줄 아는데 그렇지 않다.

암이 그렇다. 세포가 자신을 교체하며 일으킨 실수가 걷잡을 수 없는 병으로 발전한다.

그 병은 자신이 없어져야 하는 줄도 모르고 끊임없이 불어나고, 전파되고, 무슨 일이 생기는지도 모르고 고통만을 남긴다.

우리도 그렇다. 나 자신이 바뀌는 것에 최선을 다한다. 바뀌면 안 되는 것도 구분하지 못하고 나를 잃는다. 나는 그것을 깨달았을 때쯤 너무 많은 것을 바꾸어 놓았다.

다른 사람들에게 보여지는 성격도, 그 성격을 보여줄 사람들도 바꿨다. 원래의 나를 지우며 너무나 큰 흉터가 남았다. 나를 다시 써 내려가며 너무나 많은 실수를 저질렀다.

그때 내가 바뀌었다는 것을 알았다.

더 이상 바뀌면 안 되는 줄 알면서도, 마음속에 항상 담아뒀어도, 점점 다른 사람들에게 보여주는 나와 진짜 나의 간극이 벌어지는 줄 알면서, 멈추면 죽는 줄 알고 모든 것을 바꾸었다. 바뀌면 죽을 만큼 힘들다는 건 모르고 나를 변화시켰다.

그래서 바뀌려고 노력하지 않기로 했다. 나는 자신의 모든 것을 복사하고 지워지기를 반복하는 세포가 아니다. 여전히 인디노래를 좋아하는 나였고, 여전히 즉흥적으로 일어나는 일들을 좋아하는 나였다.

물론 앞으로 살아가면서 필요한 것들은 조금 바뀌기 위해 노력을 해야 할 것이다. 하지만 바뀌면 안 되는 것은 지킬 것이다. 무슨 수를 써서라도 지켜낼 것이다.

뒤를 돌아볼 것이다. 뭘 바꾸고 있는지 다시 한번 생각해보도록, 멈춰도 낙오되지 않는다는 걸 알도록 말이다.

잠시만

2022.5.6

고등학교 1학년 첫 시험, 중학교 때와 시험이 다르단 건 나도 잘 알고 있었다. 그래서 중학교 때와는 다르게, 더 열심히, 더 많이 공부했다고 생각했다. 결과도 잘 나올 수 있다고 생각했다. 난 어느 때보다 열심히, 많이 공부했으니까. 하지만 현실은 달랐다. 내가 노력한 만큼의 점수조차 나오지 않았다. 어쩌면 정말 공부는 재능이라고 생각했다. 내가 공부할 때 놀았던 친구들이 나보다 잘 보기도 하고 실수해서 10점이 깎이기도 하고 또는 함민복 시인을 함만복이라고 써버리기도 하였다. 내가 실수한 요인을 바탕으로 다음 시험을 준비해 본다. 아래는 내가 이번 시험을 통해 얻은 것들이다.

시험을 잘 보는 팁

FIRST STEP. 나를 믿어라
 -하지만 너무 날 믿지 말 것
(겸손할 줄도 알아야 한다는 말처럼 날 너무 과대평가하면 안 된다.)

SECOND STEP. 남들이 다 놀 때, 휘둘리지 마라
-남들의 소음으로 인해 집중력이 흐트러졌을 때, 애써 하려고 하면
효율이 없을 가능성이 있다는 것
(집중이 잘 되는 시간을 찾기)
남들 다 놀 때 놀라는 것은 아님

THIRD STEP. 목표는 높게
 -하지만 너무 과하면 마음만 조급해짐

　쓰다 보니 알겠다. 나한테 부족한 게 꽤 많았던 것이다. 깨달으면서 성장한다. 모두가 가는 길, 각자의 속도는 다른 것이니까 다른 사람과 비교하며 나를 채찍질할 필요는 없다. 그렇기에 시험 결과로 인해 자책하는 모든 이들에게 이 편지를 전한다.

To. X

　혹시 앞으로 봐야 할 시험이 몇 개인지 아시나요? 아직 우리가 걸어온 길은 시작에 불과합니다. 나보다 노력을 안 한 것 같아 보이는 친구들은 장기전인 이 k-고딩의 시험의 연속에서 과연 끝까지 노력하는 당신을 이길 수 있을까요? 절대 그럴 수 없어요.

너무 자책하지 마세요. 당신의 잘못이 아닙니다. 고통은 깨달음을 준다는 말이 있죠. 그냥 공부만 하기도 벅찬데 공부하면서 자책하고 스트레스받고 하면 더 벅찰 뿐이죠.

자신에게 채찍질하는 것, 그게 성장의 발판일 수도 있지만 잠시만 조금만 그 무게를 내려놓고 되돌아봅시다. 잘 해왔어요. 여러분들의 노력은 쓸모없는 것이 아니라 아직 나타나지 않았을 뿐입니다. 당신이 경험한 모든 것들이 미래에 더 나은 나를 만듭니다.

거기 당신!! 자책하지 마세요. 잘했고 앞으로도 잘할 겁니다. 자신을 싫어하지 말고 마주 보세요. 자신에게 엄하게 구는 것을 잠시 멈추고 친해져 보세요.
응원하겠습니다.

munauzizi marl ja.

조금은 쓰레기처럼 살아가자

예인(銳刃)

    우리는 초등학교 때부터 도덕이라는 과목을 배우며 공자와 맹자의 말씀을 듣고, 어떻게 하면 바르게 살 수 있는지를 배운다. 그러다 보니, 사람들은 부도덕한 생각이 들 때 성찰하고 잘못된 일을 저지르면 자신에 대해 부끄러움을 느낀다. 대다수가 살아온 바에 의하면 이것은 절대 선이며 나와 타인 모두를 위한 선택이다.

    그러나 이게 과하면 문제가 된다. 사람이 살면서 당연하게도 드는 본능적인 생각을 억누르게 하고 자존감을 깎아내릴 수 있기 때문이다. 예를 들어 중간고사를 망친 상황을 가정해보자. 나는 수학을 30점을 맞았고 틀린 문제들을 보며 자괴감에 빠져 있는 상황이다. 그렇다면 흔히 모범 답안이라고 여겨지는 "목표를 위해 최선을 다해라.", "다음번엔 더 노력해봐라."라는 말은 상처만 될 뿐이다. 해석에 따라 "네가 자신의 실력을 과대평가하고 이번 시험에 최선을 다하지 않은 오만한 사람이기에 결과가 좋지 않은 것이다."라는 말이 될 수 있기 때문이다. 화자는 도덕 교과서에서 나올 법한 '올바른' 위로였지만 이가 오히려 해가 될 수 있다.

시험을 망친 날 내가 감당하기 힘들 정도의 부정적인 감정이 몰려올 때 어쩌면 그다지 도덕적이지 못한 생각을 하며 감정을 다스리는 것이 도움이 될 때도 있다. "그래도 나보다 낮은 애도 있는데 걔에 비하면 나도 괜찮게 본 거지.", "이것 좀 못 본다고 뭐가 크게 달라져?"와 같은 것들이다. 누군가는 이런 마음을 현실에 대한 합리화라고 비판할지도 모른다. 그러나 이것은 인간이라면 당연히 느끼는 본능적인 감정이다.

"합리화, 망각, 퇴행, 부정."이라는 단어를 보면 무슨 생각이 드는가? 누구나 부정적인 느낌을 받을 것이다. 하지만 이것은 우리가 극한의 상황에서 미쳐버리지 않도록 돕는 심리적 방어기제로 벼랑 끝에 내몰린 사람들이 내보이는 최후의 저항이다. 우리가 도덕이라는 이름으로 주는 상처가 이 마지막 방어막을 깨뜨리면 인간은 빠르게 무너져버릴 것이다.

나는 이 글을 읽는 독자들에게 질문을 던지고 싶다. 당신의 도덕은 그동안 옳았는가? 도덕을 표방하며 다른 사람에게 상처를 준 적은 없는가? 타인의 '바른말'에 상처받은 적은 없었는가?

우리는 각기 다른 이유로 충분히 힘들어하고 있다. 모두의 정신 건강을 위해 보편적 도덕을 잠시 잊고 서로에게 '부도덕한' 위로를 해보는 것은 어떨까?

반려동물을 떠나 보낸 이들에게

조유란

초등학교 시절부터 중학교 1학년까지 내내 다니던 공부방이자 친구네 집 근처에는 항상 앙이라는 고양이가 돌아다녔다. 엄밀히 말하자면 우리 집 반려동물은 아니지만, 앙이는 하교 후 매일 서너 시간을 공부방에서 보내던 나에게 단순히 친구네 고양이 이상이었다.

비겁하게 고양이를 해치고 도망간 누군가에 의해 앙이가 다리 절단 수술을 하게 되고 난 이후에는 거의 공부방에서만 생활했기 때문에, 당시에 앙이는 찾아가면 언제든 볼 수 있는 존재였다. 그래서인지 나는 앙이가 다른 고양이들처럼 고작 십여 년만 살고 가버리지 않을 것이라는 무식하고 막연한 믿음을 가졌다. 천년만년 살 것이라 믿었다기보다는 말 그대로 전혀 걱정하지 않은 편에 가까웠다.

후에 내가 이사를 가고 난 후에는 앙이를 볼 수 없었다. 가끔 앙이 생각이 났지만 여전히 내가 찾으면 언제든 볼 수 있다고 생각했다. 심지어 앙이가 노화로 위독하다는 소식을 들었을 때에도 말이다. 이게 무슨 멍청한 소리인가 싶지만, 그게 맞다. 중학교 2학년 때 나는 그냥 나와 물리적으로 떨어져 있는 무엇에는 신경조차 쓰지 못할 정도로 멍청했고 무신경했다. 결국 앙이가 생을 다하기 전까지도 찾아가지 않았으면서, 나를 알아보고 가끔 반겨주던 동물이 더는 볼 수 없는 곳으로 떠나버렸다는 친구의 말은 솔직히 말해 큰 충격이었다. 그전까지 나는 한 번도 주변 누군가의 죽음이 가까워졌다는 생각에 두려워해 본 적이 없었다. 잘 살아서 나와 교류하던 한 생명이 죽었다는 사실은 책 혹은 그림, 간접적인 매체로 겪는 죽음과는 천지 차이라는 것을 예고도 없이 깨달았다.

앙이의 죽음이 남기는 여운은 어쩌면 얼마 후에 있었던 친할아버지의 상보다도 오래갔다. 할아버지가 돌아가신 일은 틀림없이 아주아주 슬픈 일이었고 나는 며칠이나 울기도 많이 울었지만 말이다. 단지 할아버지께서는 돌아가시기 전 마지막 일주일을 우리 집에서 머무르셨고, 나는 가까운 사람의 죽음은 동물의 죽음보다 훨씬 큰 것으로 여겼었기 때문에 자연스럽게 그 상황을 읽을 수 있었다. 그러나 앙이는 그렇지 않았고 내가 이 두 가지 일을 받아들이는 속도와 정도에 많은 차이가 있었다.

왜냐하면 앙이는 정말 시도 때도 없이 생각난다. 누가 보고 웬 친구네 집 고양이가 할아버지보다 소중했다는 게 말이나 되냐고 할지도 모른다. 내가 생각해도 불효 같고 이상하지만, 지금 와서 내게 느껴지는 바는 그렇다. 그때 내 심리를 추리해 보자면 못 본 지 몇 달이 지난 친구가 갑자기 죽었다는 소식을 전해 들은 것 같았다.

반려동물의 죽음이 모든 사람에게 언제나 이럴 것이라고는 생각하지 않는다. 하지만 내 경험으로 미루어 볼 때, 죽음이라는 일에 대해 아무 식견 없는 과거의 나 같은 아이들의 시선은 비슷할 것 같다고 추측해 본다. 그래서 한 번이라도 더 많이 그 모습을 눈에 담기 위해 신경 써보라고 진심으로 말해주고 싶다. 동물에게 잘못하지 않았어도 무신경은 죄책감으로 돌아온다.

-세상에서 제일 예쁜 고양이 사진

소중한 나에게, 혼자가 아니라는 것을

바다

밤, 어두운 그림자조차도 모두 가려져 보이지 않는 아주 컴컴한 밤 고요한 새벽이 오는 소리와 함께 숨죽여 우는 슬픔의 소리가 들린다.

이불 속 스스로 만들어 낸 허상의 공간에서 소리치고 있는 당신이, 마음속으로 반복하며 중얼거린다.

"난 혼자야. 주변 사람들한테 나는 아무런 존재도 아니야."

혼자가 되었다는 생각이 들 때, 서럽고 불안할 때

이들은 모든 현실을 외면하며 없는 불안과 걱정들을 만들어 내어 부정으로 가득한 고립된 자신만의 세계를 만든다.

슬픔과 서러움이라는 감정을 지닌 모든 존재는 슬픔을 감추고 또 삼켜내고 결국.

소리치는 법을 잊어 가며 무너진다.

오늘 밤 홀로 슬픔의 소리를 외치고 있는 모든 이들에게.
그리고 나에게,

많이 힘들지.
괜찮냐고 감히 말할 수도 없고, 괜찮을 거란 장담도 하지 못해
매일 홀로 고통스러워하며 눈물을 삼켜내겠지
털어놓을 용기도, 사람도 없을 거야
너의 슬픔을 이해하진 못하더라도
꼭 전달하고 싶은 말이 있어.

"넌 이 세상에서 가장 가치 있고 소중한 존재야.
또, 조금만 주위를 둘러보면 알 수 있어.
널 마음속에 항상 소중히 간직하고 있는
인연들이 어디에서나 곁에 함께하며
또 기다리고 있다는 것을."

From. sea
.

.

.

푸르고 한없이 다정한 바다가 당신을 감싸며 전합니다.

영원한 승리

제이

남들과의 경쟁에 스스로를 욱여넣으려 하지 않아도 돼
네 경쟁자는 오직 너뿐이야
그러니 남들과의 경쟁에서 졌다고 낙담할 필요없어

나와 나를 비교하면 어떻게든 더 나은 내가 될 때가 와
어제의 내가 별로였다면
오늘의 나는 어제보다 나은 나일 테고
어제보다 오늘이 더 별로라면
어제의 나는 오늘보다 더 나은 나였을 테니까

남과 비교하며 낙담하기보단
과거의 나와 경쟁하며
나날이 성장하는 내 모습을 뿌듯해하는 건 어떨까?
혹은 더 나았던 어제를 떠올리며
더 나은 내일을 그려보는 건 어때?
생각만 해도 환상적이지 않아?

잊지마 너의 경쟁자는 너뿐이고
그 경쟁 속에서 승자는 언제나 너야

오늘은 내 남은 인생의 첫 날이다

얼마 전에 시험이 끝났다.

시험이 끝난 후 밀렸던 과제들을 해야겠다고 다짐했지만, 단기방학에 허송세월만 보내다 다시 학교에 왔다. 시험 기간에 항상 공부해야 한다고 생각하고 있지만 실행에 옮기는 데에는 어찌 된 일인지 매번 실패하고 만다. 그걸 알면서도 실천하지 않는 내가 한편으로는 원망스럽기도 하다.

나는 남들보다 느리다.

고등학교에 들어와서 시험을 끝까지 다 풀어본 적이 손에 꼽을 정도이다. 다음에 더 잘 봐야지 하며 스스로 위로하고 공부를 시작하지만 결국 도망치는 모습만 보인다. 공부만 하기에는 노는 걸 너무 좋아하나 보다.

하지만 포기한 건 아니다.

학교 근처에 집이 있지만 기숙사에 입소해 아침과 밤에 공부하러 다녔다. 아침에 공부하다 보면 해가 이미 떠 있었고 밤에 창문 바깥을 내다보면 신호등이 노란색으로 깜빡이고 있었다. 느리기에 항상 남들보다 먼저 시작하려 노력한다.

초등학교에 입학하기 전 외국으로 유학을 갔다. 한국인이라면 누구나 할 수 있는 말하기, 독서, 글쓰기 모두 다 어색했다. 그래서 부족하고 더 느렸던 만큼 더 많은 시간을 투자해 나를 바꾸려 한다.

중학교 시험 기간에도 독서를 했다. 실력을 늘리기 위해 책을 읽은 후 글도 써봤고 필사도 해봤다. 국어 모의고사를 처음 풀었을 때 엄청난 충격이었다. 그 짧은 시간 안에 읽기에 비문학 지문이 너무 어렵고 길었으며 고전문학과 시조는 이해하는 것조차 버거웠다.

그렇게 5년 전까지만 해도 한글을 겨우 읽는 학생이 국어 모의고사 3등급까지 올릴 수 있었다.

하루를 시작할 때 생각한다. 오늘은 내 남은 인생의 첫날이라고. 매일매일 새로운 첫발을 내딛는 만큼 어제보다 더 나은 내가 되기 위해, 더 나은 시작을 살기 위해 열심히 노력할 것이다.

좋은 인연들

이 글은 인간관계를 어렵게 생각하거나 상처를 받으신 분이 더욱이 읽어주셨으면 합니다

아직도 따돌림당했던 기억들이 선명하다. 그 상황과 그 친구들이 나에게 했던 말들, 그때의 내 행동까지도. 다시 생각하기 싫지만, 트라우마로 이명이 생겨버려서 듣기 싫을 때마다 들린 적도 있다. 날 싫어하는 친구들의 공통점은 나와는 잘 맞지 않았다. 성향, 성격, 취향 등등 다양하게 맞지 않았고 항상 나의 행동을 좋지 않게 보았다. 결국 나 혼자 상처받고 관계는 끝이 났다.

졸업 후 삼성고등학교에 입학했다. 가장 처음으로 친해진 친구가 룸메이트들이었다. 혼자서 '적당히 거리 유지하면서 한 학기 보내야겠다'라고 생각했다. 철벽 치는 걸로 보일 수도 있겠지만 나에 대해 많이 밝히고 싶지 않았고 오래 보고 싶지 않았으니까 그랬다. 그렇지만 천성적으로 사람을 좋아하고 대화하는 것을 좋아하는 성격이기 때문에 나에 대해 얘기하고 친구들의 이야기들을 들으면서 친해졌다. 그러나 거리를 두고 싶어 하는 마음은 사라지지 않았다.

학교에 다니면서 오래 알던 친구에게 배신당하고 다른 학교 친구들과는 싸워서 심적으로 많이 지쳤던 날이 있었다. 혼자서 감당하기엔 버거워 결국 룸메이트들에게 울면서 털어놓다가 친구들이 울어줬다. 내가 그렇게 속상한 일을 당했다고 같이 울어준 그 순간 더 울컥했다. 그날은 친구들에게 마음을 열게 된 계기가 된 날이 되었다. 그 이후 친구들이 많이 다가와 주었고 나를 더 많이 신경 써주었다. 그러면서 거리를 두고 싶었던 마음이 서서히 사라졌다. 비록 내가 사람에게 다가가는 것이 두려웠지만, 이 친구들은 나를 믿어주고 응원해주고 앞뒤가 다르지 않은 친구들이었다. 조금씩 더 친해지면서 현재는 가족과 다름이 없다.

좋은 인연이 사람을 바꾼다. 고등학교 다니기 직전까지도 사람을 믿지 못하였는데 이 친구들을 만나면서 많이 바뀌게 되었다. 사람을 다시 믿고, 의지하고, 어떠한 친구가 진정한 친구인지까지도 알게 되었다. 하여금 좋은 인연들로 나의 전반적인 부분들이 바뀌었고 학교생활에 조금씩의 흥미가 생기고 있다. 그렇지만 나의 경우는 누구에게나 해당이 안 될 수 있다. 그렇다면 자신을 바꿀 수 있는 계기가 좋은 인연들이었으면 한다. 좋은 인연이 사람을 바꾼다는 사실은 누구나 다 아는 사실일 테니 말이다.

괜찮아요, 두려워하지 말아요

-한 아이가, 두려워하는 우리에게

여러분은 새로운 것을 경험한다는 게 어떤 것이라 생각하나요? 저는 우리를 둘러싸고 있는 세상 밖으로 한 발짝 내딛는 거라고 생각해요. 새로운 것을 경험한다는 건 내가 알고 있던 내 세상에 파문을 일게 할 수 있어요. 그 파문이 부정적인 것을 그려낼지, 긍정적인 것을 그려낼지는 아무도 모르는 일이지만, 아무것도 모르던 원래의 세계로 돌아갈 수 없다는 것만큼은 확실히 얘기할 수 있지요. 그렇기 때문에 새로움에 대한 두려움이 있다는 건 당연할 수밖에 없어요. 혹여나 잔잔한 나의 세상을 깨어 버릴지도 모른다는 걱정, 과연 이게 맞는 길일까 하는 망설임. 두려움은 이런 감정에서 비롯되는 거예요. 두려움을 무작정 무서워하고 부정적으로 받아들이지 말아요. 이것이 당연하다는 걸 인지한다면 마음에 얹힌 짐이 그나마 가벼워질지도 모르겠네요.

우물 안 개구리는 바다 넓은 줄 몰라 마치 우물 안이 모든 세상인 양 우쭐거린다고 해요. 우리가 우물 안 개구리와 다른 점은 내 작은 세상에서 안주하는 게 아니라 더 큰 세상을 생각하고 두려워할 줄 안다는 것이에요. 그렇지만 두려워만 하고 스스로 세계 안에 갇혀 있기만 한다면 여러분의 세상은 성장하지 못해요. 우리는 우리의 세상을 성장시켜주기 위해 변화하고, 그런 과정에서 두려움을 극복하고 앞으로 나아가지요.

저에게 있어 두려웠던 것은 채소였다고 생각해요. 아마 고작 그런 게 두려움이냐고 비웃는 사람도 있을지도 몰라요. 하지만 당시 저에게는 엄청난 두려움이었어요. 그렇지만 저는 (엄청난) 용기를 냈고, 채소는 두려운 존재라고 하는 제 세상을 그렇게 두렵지만은 않은 존재라고 하는 세상으로 성장시킬 수 있었어요. 용기는 그런 행동을 만들어내고, 그 행동에서 나온 또 다른 용기는 더 큰 두려움을 이겨낼 발판을 마련해 줘요. 이렇게 우리는 두려움이라는 턱을 넘기 위해서 용기라는 디딤돌을 한 겹, 또 한 겹 쌓아 올리겠죠.

주변 사람들과 다른, 어떤 새로운 길을 걸어간다고 두려워하지 말아요. 그 길 하나만이 정답은 아니니까요. 우리는 모두 각자의 세상과 각자의 길이 있는 법이죠. 나무들을 바라볼까요, 위로 곧게 뻗은 바오바브나무, 구불구불 굽이치는 소나무, 넓게 펼쳐진 오크

나무… 이렇게나 많은 나무가 있어요. 한 방향으로 곧게 솟은 바오 바브나무만이 아름다운 나무인가요? 아녜요, 모두 저마다의 아름다움이 있어요. 여러분 모두도 저마다의 세상과 저마다의 아름다움을 가지고 있지요. 내 앞으로 닥쳐오는 일들을 두려워하고 눈감으려 하지 말아요. 우리가 밟는 곳은 모두 길이 되니까요.

P.S. 너무 힘들다면 홀로 극복하려 하지는 말아요. 우리의 주변에는 등 뒤를 받쳐줄 존재, 내 손을 잡고 함께 걸어줄 존재, 내 앞에서 나를 이끌어줄 존재들도 분명 있으니까요. 아무리 노력해 보아도 이겨내기 버거울 때는 잠시 쉬어가는 것도 괜찮아요.

우리의 색(色)

이태웅

우리 주변에는 정말 많은 사람이 있습니다.

모두가 각양각색으로 본인의 자리에서 빛나고 있습니다.
하지만 누구도 같은 자리, 같은 색의 빛을 내고 있지는 않습니다.
이것이 우리가 절대 같을 수 없는 이유입니다.

저에게 있어 관계를 맺는다는 것은 서로의 색을 합쳐 하나의 새로운 색을 만들어 낸다는 뜻이라고 생각합니다.

새로운 색이 어떻게 나올지는, 사람과 사람이 만났을 때 어떠한 효과를 내는지, 또 어떤 감정을 갖게 되는지와 같은 복잡한 요소들에 의해 결정됩니다.

그렇기에 어떤 사람들은 만났을 때 좋은 효과를 내며 밝은색을 가질 수도 있지만, 또 어떤 사람들은 만났을 때 오히려 싸우고 서로를 시기하고, 질투하며 어두운색을 가질 수 있습니다.
이는 곧 모든 사람과 다 맞을 수는 없다는 뜻입니다.

서로의 색이 합쳐졌을 때 어떤 색이 나올지는 아무도 알 수 없습니다.

우리는 사람을 깊게 만났을 때 비로소 그 색을 알 수 있습니다.
그렇기에 사람을 만날 때 절대 성급하게 생각하지 마세요.

하지만 이에 너무 신경 쓰지는 마세요.
다른 사람의 색을 알기 위해 내 색을 흐릴 필요는 없습니다.

우리가 가지고 있는 색은 시간이 지날수록 그 색이 깊어지고 뚜렷해지며 시간이 지난 후 비로소 색이 주는 감동을 알 수 있습니다. 그 시간이 의문으로 가득 찰 수도 있습니다. 하지만 이는 나 자신과의 싸움입니다. 내가 가지고 있는, 그리고 가지게 될 무언가, 나와 섞일 누군가를 위해서 우리에게는 기다림 역시 필요합니다.

나와 멀어지고, 맞지 않았던 사람들에게 너무 신경 쓰지 마세요.
그 사람들과 나의 색은 다른 색들보다 어둡거나 지나치게 밝았을 뿐이에요.

우리는 내 사람들과 같이 더 밝은색을 내기 위해,
그리고 더 나은 내일을 만들기 위해 노력해봐요.

좌절과 극복

살면서 좌절하고 무너져내린 기억이 하나씩은 있을 것입니다.
그리고 그것 때문에 마음이 꺾여
 한동안 아무것도 하지 못한 일도 있을 것입니다.
마치 중학교 때에 비해 고등학교 성적이 지나치게 낮다면,
오히려 공부하려는 마음이 사라지는 것처럼요.

좌절을 일으키는 원인은 다양하겠지만 어찌 됐건 대부분은
그 원인이 자신에게 있다고 생각합니다.
그래서 좌절은 자기혐오로 이어지고 또 그것은
무기력과 공포로 변합니다.
시험이 끝난 후의 우리의 모습을 떠올려 봐요.

무기력함에 자신이 갉아 먹히는 과정에서
많은 사람이 쓰러질 것입니다.
대부분은 그대로 주저앉아 한탄하겠죠.
하지만 목표는 가시밭길 너머에 있고,
그 목표를 향해 나아가야 한다면 할 일은 정해져 있을 것입니다.

결국은 일어나서 나아가야 합니다.
부모님도, 친구도 그 누구도 아닌
오로지 나를 위해서 일어나야 합니다.
내가 쓰레기가 아니라는 것을 증명해야 하지 않겠습니까.

일어나기 전에 잠시 앉아서 생각해봅시다.
이 좌절을 극복하고 내가 어떻게 성장해 있을지를요.

나의 경험을 바탕으로 남의 고통을 헤아리고,
다가올 시련을 두려워하지 않고 극복해내는 사람이 되어있을 겁니다.

거기 당신, 충분히 쉬었으면 일어나요.
이제 일어나 걸을 시간이에요.

시험에 대한 부담감으로 힘들어하는 당신에게

함민복

국어는 나에게 있어 항상 자신 있던 과목이었다. 왜냐하면 중학교 시험 내내 높은 성적을 유지했기 때문이다. 고등학교에 와서도 국어 성적을 유지하고 싶어 열심히 공부했다. 그리고 4월 29일 국어 시험 시간이었다. 시험지 첫 장을 본 순간 머릿속이 새하얘졌다. 문제의 선지가 헷갈려서 쉽게 답을 체크할 수 없었기 때문이다. 결국 고등학교 첫 국어 시험의 결과는 처참했다. 나는 절망에 빠질 수밖에 없었다. 공부한 것에 비해 너무나도 낮은 점수를 받았기 때문에 그 원인에 대해 끊임없이 생각했다. 아마 고등학교 시험 문제의 유형이 중학교랑 다르기 때문이었던 것 같다. 시험문제에 그것도 서답형으로 함민복 작가 이름이 출제될 줄 누가 알았던가. 아마 난 함민복이라는 작가를 평생 잊을 수 없을 것 같다. 사실 함민복 문제뿐만 아니라 쉽게 답을 체크하지 못한 문제들이 매우 많았다. 시험을 본 후, 나는 생각이 많아졌다. 어디서부터 잘못된 걸까. 공부법이 문제인 건가 아니면 긴장을 했었나? 같은 생각이 들었다.

한편으로는 노력은 배신하지 않는다더니 거짓말이었나 내가 공부를 못하는 거고 머리가 나쁜 거라며 자책하기도 했다. 많은 생각 끝에 찾아낸 두 번째 원인은 시험에 대한 부담감이었다. 국어 시험을 잘 보고 싶다는 욕심이 부담감으로 다가왔고 그 부담감이 시험 당일 내 눈을 멀게 했다.

누구나 시험에 대한 부담감을 가지고 있다. 그 부담감의 원인은 좋은 성적을 받고 싶다는 욕심, 부모님의 기대, 미래에 대한 막막함 등 다양하다. 물론 어느 정도의 부담감은 공부를 열심히 할 수 있는 원동력을 가져다준다. 하지만 작은 부담감은 차곡차곡 쌓여 불안이 되고 나에 대한 믿음마저 사라진다. 결국 무언가를 잘하고 싶다는 욕심이 일을 망치게 되는 상황이 생긴다. 그러므로 무조건 할 수 있다는 생각으로 나 자신을 믿고 당당하게 나의 모든 것을 시험지에 쏟아내야 한다. 그래야만 후회 없이 시험에 임할 수 있다.

만약, 지금 당신이 시험에 대한 부담감으로 힘들어하고 있다면 나는 이런 말을 해주고 싶다. 당신은 충분히 잘하고 있으므로 자기 자신을 믿으라고 말이다. 당신이 잘하고 싶다는 욕심이나 잘해야 한다는 부담감보다 잘 할 수 있다는 믿음을 가졌으면 좋겠다.

그저 해맑을 수는 없었던 당신에게

_임윤(林玧)

新月, prologue. 나아갈 '신', 어두울 '월'

한 달이 지나면, 신월이 찾아온다.
하얀 달로 가득 차고
세상이 시리도록 밝아야 하는데
달이 뜨지 않는다.
필요 없어 보이지만, 계속 찾아온다.

보름에서 보름으로 가는 길에는
언제나 신월을 만난다.

신월은 한 달의 새로운 달이며,
칠흑으로부터 나아가게 한다.

起, 주저앉아서는 웃을 수 없었으니까.

"너 못할걸?"
"할 수는 있어?"
조심스레 현실을 알려주는 친구들의 한마디에
그만 쓰러졌다.
이 3년의 대가, 그리고 그에 따른 보상은
노력의 값만큼 되돌아오지 않아서
그 현실 때문에
여기서는 웃지 못할 것 같다.

承, 아직 완전하지 못해서.

당신은,
멈춰본 적 있나요?
멈추면 무얼 해야 하나요?

멈추면, 멈추는 거지.
아무것도 안 해도 된단다.

하지만 불안하잖아요.

불안하다는 건,
네가 완전히 멈추지 못했단 뜻이지.

轉, 해맑게, 아니 진심으로 웃는 것.

웃어보는 건
사실 쉽다.
그저 내가 알지 못할 뿐이었다.

꿈을 꾸었고,
푸른 바다가 보였다.
바다는 나에게 속삭였다.

저 하얀 바다가 검게 변할 때까지
모든 응어리를 토해내고
그 마지막에 짓는 너의 표정이
가장 해맑으니
아이야, 걱정 말아라.
나는 언제나 여기 있을 것이야.

結, epilogue. 당신이 웃는 건, 당신만이 할 수 있어서.

창가에 걸쳐 앉아서
각자만의 방법으로
당신만의 시간에
아무 생각 없이
말갛게 웃어보는 것도
하나의 방법이라고 생각한다.

2장

우리의 세상을 소개하자면

2019

다들 코로나 이전이 기억이 나는가? 기생충이 황금종려상을 탔던 해, 〈흔들리는 꽃들 속에서 네 샴푸 향이 느껴진 거야〉와 〈벌써 12시〉를 점심시간마다 들었던 해, 마스크를 쓰지 않았던 마지막 해 말이다. 나는 보통 연도마다 기억의 색이 조금씩 다르다. 가령 2000년대의 기억은 개나리꽃의 색 같은 노란색이라든지, 2010년 초반의 기억은 매우 청명하고 화려한 색이라든지 말이다. 2019년의 기억은 개인적으로 깊고 푸른 빛깔을 띠고 있었다. 그 파란색은 부정적인 색이 아니라 마치 화려한 도시의 유리창 같은 색이었다. 그때는 내가 해보지 못한 수많은 것들이 남아있었고, 사람들은 눈치를 보지 않고 자신이 원하는 것을 하고 살았다. 그래서 그때의 기억은 항상 아주 멋지고 정신없던 가로수길의 밤처럼 어둡지만 차분하지는 않은 색을 띠고 있었다.

    2019년은 소중한 시간이었다. 사람들은 마스크를 쓰지 않고 자유로웠으며 원하는 모든 것을 할 수 있었다. 친구들과 반 티를 맞추고 함께 하는 체육대회, 놀이공원에서 먹는 추로스, 저 멀리 모든 것이 내려다보이는 비행 등 우리가 너무나도 평범한 일상이었던 행동들이 당연한 것들일 줄 알았다. 그것들을 마지막으로 마음 놓고 즐길 수 있던 때라는 것을 그땐 알아차리지 못했다. 해가 바뀌고, 바깥에서 할 수 있는 것들은 줄어들고 집안에서 할 수 있는 것들이 늘어났다. 사실은 조금 기뻤다. 왜냐하면 그 당시에는 방학이 무한히 늘어날 것만 같았기 때문에 그때는 집안에서 할 수 있는 것들을 모두 하고 있었다. 하지만 내가 평소 하고 싶었던 것들을 점점 하지 못한다는 것을 깨닫게 되면서, 그 기쁨은 공포로 돌변해갔고, 그때마다 나의 기억에서 푸른색은 급격히 줄어갔다.

바깥의 향기를 사실 맡아보고 싶었는데, 이미 그걸 깨달아버렸을 때는 수많은 사람의 혼란 속에서 멈춰버린 찰나의 순간을 즐기느라 속절없이 시간이 흘러간 후였다. 이미 모두가 온라인에 익숙해졌다. 나는 더 익숙해지지 않는데 말이다. 계속 봤던 걸 또 보고, 또 보고, 의미 없이 흘러갈 뿐이라 점점 지쳐갔고 더 이상 나는 발전하지 못할 것 같았다.

그래서 나 자신도 이런 삶에 지친 것일까, 요즘에는 자꾸 새로운 것을 하고 있다. 새로운 친구를 왕창 사귄다던가, 그 친구들과 놀러 간다던가, 일부러 편한 길을 선택하지 않는다거나 예전의 나를 향해 무시하듯이 괜한 반항심에 만족이 되었다. 마치 2019년에는 2020년 같았던 내가 2020년에는 오히려 2019년 같은 사람이 되어버린 것이다. 세상이 나에게 맞춰주는 건가 싶지만 그런 세상이 결국에는 마음에 들지 않았다.

그러던 중, 2020년 이후의 기억을 밝은 갈색의 물감으로 그려가고 있었다는 것을 깨닫게 되었다. 그 갈색은 우리가 잃어버린 것들에 대해 빛바랜 추억으로 만들어져있기 때문인지 참 슬픈 갈색이었다. 오히려 나의 2019년은 역설적으로 깊은, 그래서 어디까지 신비로움이 이어질까 궁금해지는 파란색으로 빛나고 있었다.

그 쪽빛의 기억을 나는 더 이상 만들지 못할까, 막심한 후회가 된다. 지금 나에게는 더 이상 파란 물감 튜브가 없는데. 그래서 나는 어디선가 기억 전체를 칠할 정도는 못 되지만 조금의 푸른 물감을 가져와 살짝씩 덧바르는 것은 아닐까, 그렇게 듣지도 보지도 못한 초록색 기억으로 남는 것이 아닌가 하는 생각이 든다.

걱정 돋보기

어렸을 때 우리 집이 정말 가난하다고 생각했다. 부모님이 맞벌이였기에 3살까지 할머니 집에서 컸고, 우리 가족은 부모님의 집이 아니라 외가가 오래전 사 놓았던 서울 집에 들어가 살게 되었다. 초등학교에 입학하고 몇 년이 지나자, 나는 우리 집의 재력에 대해 걱정하기 시작했다. 주변 친구 중에는 정치인의 자녀, 건물주를 넘어선 빌딩주부터 유명 야구선수의 아들도 있었기 때문에, 나는 옷 한 장 아껴 구매하던 우리 집이 걱정되었다. 다시 생각해보면 어린 나이에도 나에게 들어가는 교육비는 월 몇백만 원씩 되었겠지만, 난 정말로 우리 집이 가난하다고 생각했다. 그래서 아무 생각 없던 초등학생은 스스로 절약하는 법을 배웠다. 심부름비와 용돈을 아껴 사용하며 500원짜리 아이스크림 하나 사 먹을 때에도 고민했다. 이는 어머니의 교육관과 삶의 태도 때문이었는데, 아버지와 결혼할 때 마이너스로 시작된 재정 상태를 근검절약해 끌어올리셨다. 어머니께서는 같은 티셔츠를 3년 넘게 입었고, 자신을 위한 소비는 일절 하지 않으셨지만 나는 돈의 부족함을 느끼지 않도록 배려하셨다. 나는 어머니가 주셨던 것이 결코 부족하다고 원망한 적은 없다. 그러나, 주변 상황을 보면 부러운 감정은 항상 가슴 깊은 곳에 존재했다.

초등학교 6학년 때 우리 가족은 학업 때문에 옆 동네로 이사했다. 누구나 아는, 공부를 잘하기로 유명한 동네였다. 다른 동네로 갔다면 더 좋은 집에 살고, 좋은 것만 입고 쓸 수 있었겠지만, 부모님은 나의 교육을 위해 삶의 질을 희생하셨다. 솔직히 우리 집은 정말로 낡았었다. 이상하게 확장된 베란다 때문에 단열도 안 되고, 북향집에 햇빛도 잘 안 들었으며, 복도와 집을 잇는 창문에 안전을 위한 쇠창살까지 있어서 을씨년스러웠다. 벽 안에는 쥐가 돌아다니는지 혼자 있으면 삐걱거리는 소리가 나기도 하고 개미가 나오지 않는 것이 다행이라 생각했다.

어느 날, 아버지께서 아프다는 사실을 알게 되었다. 온 가족은 패닉에 빠졌다. 어머니는 전업주부이고, 나는 고등학교 입학을 앞둔 중학생이었기 때문이다. 그때의 난 정말로 아버지가 5년 안에 병상에서 일상을 보내야 할 거라고 생각했으며, 어머니는 나를 붙잡고 우는 날이 많았다. 그러면서도 떨리는 목소리로 "3년 후면 너도 돈을 벌게 되고, 나도 지금처럼 돈을 벌 테니 행복해질 수 있을 거야," 라고 말씀하셨다. 어머니도 나름대로 자기 자신을 위로하던 것이었겠지만, 사춘기를 한창 겪던 나에게는 감당하기 힘든 막중한 책임감과 스트레스가 주어졌다. 마치 언제나 어린아이로서 부모님의 보호를 받을 줄 알았던 내가 가장의 역할을 해야 한다는 것처럼 들렸다. 아버지는 악화하는 건강과 앞으로의 미래에 대한 공포 때문에 어머니와 언성을 높이는 일이 잦아졌고, 그 불똥은 나에게 튀는 일이 계속되었다. 더 이상 참지 못한 나는 밖으로 나돌기 시작했다. 나는 아버지가 아프다는 사실이, 이런 운명을 내려준 신이 미웠다. 가진 것도 얼마 없는 나에게 대체 뭘 가져가려고, 얼마나 나를 힘들게 하려고 어린 나이에 이 정도 시련을 주시는지 원망스러웠다.

그래도 시간이 약이라고 하던가. 우리 가족은 모두 아버지의 병에 익숙해졌고, 최악의 경우까지 간다고 해도 죽을 병은 아니라는 사실에 안도하게 되었다. 어머니는 직장에서 고속 승진을 했고 아버지도 우연한 기회에 큰 건의 일을 맡게 되어 회사까지 차리는 상황에 이르렀다. 나는 중학교 때 엇나가면서도 공부를 잘한다는 타이틀이 사라지는 것이 싫어 공부했었고, 그 결과 삼성고에 입학하였다. 이렇게 우리 가족은 안정을 찾고 정말 전망도 위치도 좋은 집에 이사 갔다. 생전 처음 살아보는 신축 아파트에 아버지의 일이 잘 풀려 사업체가 호황을 누리게 되었으니 부모님은 내가 돌아오는 주말마다 원하는 음식이나 물건은 무엇이든 사주셨다. 편안한 삶을 위해 각종 가전제품을 바꾸고, 안마 기계를 구매하시는 부모님을 보니 난 솔직히 걱정했다. 잘살게 된 지 얼마나 되었다고 돈을 이렇게 쓰시나, 노후 대비를 안 하실 분들은 아니지만, 몸이 나빠지시면 어떻게 하려고 그러시나 생각했다. 원체 어머니가 재력에 관해 설명해주신 적이 없어서 고등학교에 입학하고 허심탄회하게 이야기를 한 후에나 알게 되었다. 우리 집은 가난했던 적이 없었다는 것을. 조금 허름한 아파트에 살면서 부모님은 다른 부동산을 여러 채 구매하셨고, 집값이 오르며 큰 이득을 보셨다고 한다. 아버지도 점점 사업이 잘되어 남들의 연봉을 월급으로 받는 수준에 이르렀다고, 그래서 이제는 조금 편안하게 살아도 되지 않을까 생각하셨다고 한다.

솔직히 말해 아버지의 건강은 지금이나 과거나 다를 바가 없다. 그러나, 나는 신경 쓰지 않고 내 일하기로 했다. 내가 걱정에 사로잡혀 주저앉는다고 해서 달라질 것은 없기 때문이다. 아버지의 건강은 아버지께서 알아서 조절하실 거고, 내가 치료해드릴 수도 없는 마당에 우울한 에너지마저 전해드릴 수는 없다. 게다가, 당시 우리의 걱정은 지나친 것이었다는 것을 깨달았다. 5년 안에 생사의 갈림길에 설 거라고 생각했지만, 3년 가까이 지난 지금도 괜찮으시다.

사람들은 갈등 상황에서 최악의 경우를 생각하는 것이 현명한 방법이라고 말한다. 하지만 그 무서운 시나리오에 빠져 현실을 잃어버리는 것은 파멸의 지름길이다. 나의 걱정을 미래에서 돌이켜보면 대부분 정말 작은 문제이다. 당신의 눈앞에 놓인 걱정 돋보기를 치워보면, 비로소 세상은 생각보다 살 만한 곳이라는 사실을 알게 될 것이다.

꿈은 허상일 뿐이다

삶을 살다 보면 쉽게 잘 안 풀리는 현실을 종종 직면한다. 그럴 때마다 우린 추락한다. 한번은 추락한 내 모습에 실망하여 관대하지 못한 날 마주했다. 내가 혐오스러워 날 채찍질했다.

그래도 이런 내 모습을 잊게 해주는 것은 다름 아닌 꿈이었다. 누구나 한 번쯤 꿈을 꾸듯이 내게도 커다란 목표와 꿈이 있었다. 하지만 곧 엉킨 실타래와 같은 현실을 마주했고 내 꿈은 유리 조각처럼 산산이 부서졌다. 깨진 조각은 절대 예전으로 돌아갈 수 없다. 그 사실은 조각들을 억지로 겨우겨우 본드로 붙이고 나서야 문득 깨달았다. 아니 애초에 꿈은 없으며 깨져버린 조각만 있었을지도 모르겠다.

어쩌면 사람들의 도착점은 비슷한 거 같다. 언제나 성공한 인생, 어쩌면 그걸 이루어 내기 위해 지금까지 나와 처절하게 싸운 건지 모르겠다. 이젠 지친다. 그래서 이쯤에서 잠시 멈추기로 했다. 이젠 남들과 비교하며 사는 것이 아닌 나만의 인생을 택하기로 한 그 순간 어느새 정신이 들었다.

아차 꿈이 너무 깊었구나 이 또한 모두 나의 허상과 망상에 불과할 것을.

나의 아해(兒孩)

아이야, 오늘은 네게 이야기를 하나 들려주려 한단다.

세상에 갓 태어난 아기가 세상과 소통하는 첫 수단은 울음이라 하더구나. 아기는 울음을 통해 세상과 소통하는 법을 배우게 되지.

갓 세상에 나온 아이는 시간이 지날수록 사람과 사람들 사이에서 약속이라는 언어를 배우게 된단다. 더 이상 아기가 울음으로는 세상과 소통할 수 없게 되었기 때문에 말이야.

언어를 배우고 비로소 자신의 이야기를 할 수 있을 때 즈음 아이는 자기 세계와 세상이 만나게 하는 법이 대화라는 것을 알게 된단다. 자신의 이야기를 할 수 있고, 다른 사람의 이야기를 들을 수 있고. 그제야 아이는 세상과 마주할 준비를 하지.

아가, 어느새 훌쩍 자라버린 우리 딸.

엄마는 가끔 그런 생각을 한단다. 세상엔 말이지, 많은 사람이 살아가고 있다만 그중엔 아직 자신을 둘러싼 세상과 마주할 준비가 안 된 사람들도 많단다. 그렇다고 그 사람들이 잘못한 걸까?

그건 아니라고 말해주고 싶구나. 단지 아직 준비되지 않았을 뿐이란다. 사람은 말이야, 자신의 이야기를 할 수 있어야 비로소 다른 사람의 이야기를 들을 수 있게 된단다. 내 이야기도 못 하는데 다른 사람의 이야기를 어떻게 들어줄 수 있겠어. 안 그러니?

그래서 네게 이야기하는 법을 알려주려고 한단다. 단순히 머리로 말하는 게 아니라 가슴으로 말이지. 대화는 말이야 나 자신을 있는 그대로 보여주는 행동과 같아서 많은 용기를 필요로 한단다. 듣는 것 또한 마찬가지고 말이야.

절대 조급해할 필요 없단다.

그니까 내가 너만 한 나이였을 때 즈음 말이야 나는 겁쟁이였단다. 지금이야 웃으면서 이야기할 수 있다만 그때는 아주 아팠었지. 밥도 잘 못 먹고, 잠도 잘 못 자고, 좋아하는 것도 모르고, 하고 싶은 것도 없었단다. 그때 나는 아무것도 할 수가 없었어. 표현하는 법, 드러내는 법을 몰랐던 게지. 그렇게 자기가 지친 줄도 모르고 힘든 줄도 모르고 앞만 보고 달려오다 보니 점점 말 수도 줄어들더구나.

그럴 수밖에 없었어. 그때 난 무서웠거든. 혹시 내가 생각하는 걸 표현하면, 내가 생각하는 걸 들키면. 나는 그렇게 좋은 사람이 아닌지라. 나는 당신들이 생각하고 기대할만한 그런 대단한 사람이 못 돼서. 혹시 나한테 실망하면 어쩌나, 혹시 나를 싫어하게 되면 어쩌나, 그렇게 걱정하고 두려워하길 반복하며 나는 나를 잃어가고 있더구나. 분명히 표현할 줄 아는 사람이었음에도 말이야. 살아가며 자신을 감추고 보호하는 방법은 오직 침묵과 무시라고 배워온 게야.

나는 언제까지나 착한 딸이고 싶었고, 언제까지나 나는 자랑스러운 아이이고 싶었단다. 누구나 부러워할 만한 사람이 되고 싶었고, 완벽한 사람이 되고 싶었지. 결국에는 뭐 너도 예상했겠다 시피 그게 가능했겠어?

완벽. 완벽. 그리고 또 완벽. 최고. 최고. 그리고 최고. 그렇게 내가 바라는 게, 원하는 게, 꿈꾸는 게 많아질수록 점점 고통스러워지는 것 역시 나였단다. 내가 되고 싶은 나의 모습과 현재 내가 생각하는 나 자신 간의 모습이 너무 모순적일 정도로 달랐기에 숨이 턱 막힐 정도로 괴로워할 수밖에 없었지.

그런데도 나는 그때까지도 밖으로 표현해내길 무서워했단다. 내가 그때 방법을 알았겠니? 그냥 나는 무서워하기만 할 수밖에 없었어. 그러다 보니 망가지는 건 나 자신이었단다. 조금 우습지 않니? 최고가 되고 싶었고 완벽한 사람이 되고 싶었지만 결국 그 때문에 망가져 버렸다는 사실이.

어쩌면 당연했을지도 몰라. 나는 절대로 내 이야기를 하지 않았거든. 속내를 내보이는 건 바보 같은 행동이라고 생각했으니까 말이야. 타인에겐 관대하고 스스로에겐 지나치게 엄격했단다. 당연히 자기 이야기를 하지 않으니까 친구들도 멀어질 수밖에 없었지. 먼저 자기를 감추고 드러내 보이지 않는데 어떻게 가까이 할 수가 있었겠어? 심지어 부모님과도 말이야.

분명 나는 걱정 끼치고 싶지 않아서, 언제나 자랑스러운 딸이 되고 싶어서. 그런 마음에 부모님께 숨기고 감춰오길 바빴는데 그 때문인지 어느 순간부터 거의 대화가 단절되더구나. 그렇게 점점 부모님과도 멀어져 나는 혼자라고 생각했었지.

그래서 대화는, 나의 이야기를 하는 것은 용기가 필요하다고 이야기하는 거란다. 미움받을 수도 있고, 다른 사람이 내게 실망할 수도 있다는 그 막연한 두려움에서 벗어나는 것부터가 대화의 시작이라고 이야기해주고 싶구나. 결국 나는 부모님께 이야기를 꺼냈어. 사실은 밥 먹는 게 너무 괴롭다고. 사실은 나 조금 많이 힘들다고. 괜찮은 건 줄 알았는데 나 좀 많이 힘든 거 같다고.

　나는 말하면서도 두려워했단다. 너무나도 두려워서 이야기를 마친 뒤에도 후련함보다는 불안함이 더 강했지. 그러자 조용히 이야기를 들어주시던 아버지가 등을 토닥여 주시더구나. 고생 많이 했겠다고, 많이 힘들었겠다고. 그렇게 이야기해주시는데 그제야 긴장이 풀리더라고. 그렇게 아이처럼 안겨서 엉엉 울고, 서러워서 울고, 속상해서 울고. 미안해서 울고. 그냥 또 울고 그렇게 한참을 울다가 정신 차리니까 정말 개운하더구나.

　물론, 이건 번외의 이야기긴 하지만 다음 날 아침에 눈이 너무 부어서 눈을 뜰 수가 없었지. 그래도 난 좋았어. 앞이 안 보이지 않아도, 눈이 떠지지 않아도 너무너무 후련했거든. 조금만 생각해보면 당연한 이야기야. 그 세상의 어떤 부모가 자식에게 실망하고 미워하겠니. 하지만 가끔 우리는 그 당연한 사실을 잊어버리고 살곤 한단다.

　혼자만의 세계에서 모두가 존재하는 곳으로 나오기까지는 많은 용기가 필요한 법. 그런 의미에서 엄마는 지금까지 고생했고 잘해왔다고 이야기해주고 싶더구나. 때로는 말이지 머리로 이야기를 하는 게 아니라 가슴으로 말 할 수 있어야 한단다. 머릿속으로 이해가 안 되고, 무섭고 두렵더라도 결국 뜨거운 가슴으로 이겨내야 하지. 이 과정 속에서는 아무도 너를 대신해서 할 수 없단다.

아이야, 사랑하는 내 딸아. 앞으로 살면서 너는 분명히 많은 장애물을 만날 거란다. 성공의 달콤함도 맛보고 때로는 인생의 쓴맛도 보며 그렇게 세상을 살아가게 될 거야.

그러나 아가야, 나는 너를 믿는단다. 하지만 그게 결코 네게 실망할 수도 있다는 말은 아니란 걸 네가 알아줬으면 좋겠구나. 가장 어두운 순간 뒤에는 가장 찬란한 순간 또한 존재하지. 항상 사랑한단다.

fin. 나의 아해

내 사랑은 검은색

제이

세상에 태어났다. 세상의 밝은 빛이 나를 감쌌고 엄마, 아빠의 미소가 나를 웃게 했다. 따뜻함이라는 감정을 배웠다. 이때 내 사랑은 노란색이었다. 처음 마주한 빛처럼.

처음으로 또래 친구들을 만났다. 함께 어울리는 것만으로도 에너지가 넘쳐났고 웃음이 끊이질 않았다. 함께하는 순간순간이 새로웠다. 이때 내 사랑은 주황색이었다. 파워풀했던 나의 에너지처럼.

매일 함께 놀던 친구가 이성으로 보이기 시작했다. 언제나 시선은 그 애를 향하고 있었고 나에게 하는 한마디 한마디가 머릿속을 계속 맴돌았다. 하루하루가 설레었다. 이때 내 사랑은 분홍색이었다. 간질간질한 기류처럼.

연인이 생겼다. 매일 아침 잘 잤냐는 인사로 하루를 시작하고 매일 밤 잘 자라는 인사로 하루를 끝냈다. 시작과 끝을 항상 함께 했다. 손잡고 걷는 길은 언제나 꽃길이었고 함께 있는 공간은 언제나 봄이었다. 뒤에서 안아주던 너의 품은 따뜻했고 너의 눈웃음은 날 녹아내리게 했다. 세상에서 가장 행복한 사람은 나일 거라 확신했을 때 내 사랑은 빨간색이었다. 열렬했던 그때의 나처럼.

꽃길뿐인 줄 알았던 나의 연애가 가시밭이 되었다. 그 가시밭은 내가 만들었을지도 모른다. 어느 순간부터 내 연인과 다른 여자가 붙어있는 모습을 보면 질투가 났다. 과제 때문인 걸 알면서도 하염없이 질투가 났다. 쓸데없는 질투를 하는 내 잘못인지 내가 질투할 만한 상황을 만든 너의 잘못인지. 이런 고민을 하는 나 자신이 너무 미웠다. 내 사랑은 보라색이 되었다. 멍이 들어 상처투성이가 된 나의 마음처럼.

남이 되었다. 영원할 거라 생각하진 않았지만 적어도 끝이 아름다울 거라고 생각했다. 질투에 눈이 멀어 아슬아슬했던 줄을 내 손으로 끊어버렸다. 아니, 그 애가 끊게 만들었다. 그제야 있는 그대로의 상황이 보였다. 내가 무슨 짓을 했는지. 피해자 프레임을 낀 채로 그 애를 가해자로 만들었다. 그 애의 진심을 외면했다. 못 할 짓을 해버렸다는 죄책감, 너무도 사랑했던 이와의 이별이 나를 저 깊은 곳으로 끌어내렸다. 내 사랑은 남색이었다. 저 깊은 심해처럼.

시간이 흘렀다. 이별의 아픔도 함께 흘러갔다. 너무도 고통스럽고 괴로웠던 그 아픔은 나를 성장시켰다. 나는 한층 성숙해졌다. 아니, 잊혔다는 말이 맞는지도 모르겠다. 지난 아픔을 잊고 또 새로운 사람을 찾고 있는 걸 보니. 아픔을 잊은 내 사랑은 하늘색이었다. 한치의 미동도 없이 안정적이고 고요한 저 기류처럼.

나름 열정적이었던 내 삶에 슬럼프가 찾아왔다. 아무것도 하기 싫었고 온종일 우울감 속에 무기력해 있었다. 시간은 흘렀고 내 상태는 나아질 생각을 하지 않았다. 지속되는 나의 이 한심한 상태에 자괴감은 커져만 갔다. 남들은 10만큼 하는데 1만큼도 하지 않고 받는 스트레스는 나를 더욱 한심한 사람으로 만들었고 조금의 자기애도 남지 않았다. 내 사랑은 일말의 빛도 내지 않는 회색이었다. 푸른색이라고는 보이지 않는 먹구름 낀 하늘처럼.

긴 시간 끝에 나를 사랑하는 법을 배웠다. 초조해하지 않기로 했다. 남들과는 다른 속도로 달리고 있는 나를 받아들이기로 했다. 힘들 땐 쉬어도 괜찮다고 스스로 다독였다. 처음부터 전속력으로 달리면 삶이라는 긴 레이스를 완주할 수 없다는 사실을 받아들이기까지 꽤 오랜 시간이 걸렸다. 전속력으로 달리면 머지않아 한계가 온다는 걸 이제는 안다. 나는 아주 천천히 쉬지 않고 뛰기로 했다. 그래도 힘들면 걸을 것이다. 다만 멈추진 않을 것이다. 하루하루 발전하는 내 모습이 원동력이 될 테니까. 나를 사랑하는 법이 어렵지 않음을 느낀 순간 내 사랑은 갈색이었다. 단단한 나무의 밑동처럼.

지금 나의 사랑은 검은색이다. 누군가는 물을지도 모른다. 왜 검은색이냐고. 검은색은 암울하고 절망적인 색이지 않으냐고. 그러면 난 대답할 것이다. 이 검은색은 어둡고 컴컴해 보이지만 실은 수많은 사랑이 섞인 내 사랑의 결과물이라고. 나는 생각한다. 사랑이 검은색이 되었을 때 비로소 나는 하얀 빛이 된다고. 행복과 슬픔을 모두 머금은 나의 검은 사랑이 앞으로 마주치게 될 고난과 역경 속에서 나를 버티게 해줄 거라고.

늙어가는 사람아

노인의 이야기

"그 친구는 얻다 두구 혼자 오오?"
"…갔어. 며칠 전에."
"어디루?"
"좋은 곳으루 갔겠지…."

세월은 참 무상하게도 흘러간다.
누가 내 얼굴에 주름을 새겨 넣었나,
내 머리에는 언제 이리도 눈이 많이 내렸나,
손과 발은 언제부터 나뭇가지를 닮아가고 있었나,
내 주변 이들은 누가 하나둘씩 데려갔나.

아아, 세월이구나. 세월이 나를 등지고 떠나가고 있었어.
내가 가지고 있던 것들을 야금거리며 데려가고 있었어.

이제 내 집은 추억으로 가득 차 있었다.
활기찬 생명력도, 따뜻한 온기도 느껴지지 않는,
남겨진 추억만이 자리를 지키고 있었다.

이 넓은 공간의 고요한 적막이 익숙하면서도 이상하리만치 어색했다. 추억도 이제 정리를 해야지. 계속 붙잡고 있노라면 마음 편히 떠나가지 못하겠지. 내가 그 편지를 발견했을 즈음엔 저녁노을에 얼굴이 붉게 물들고, 어둑어둑 땅거미가 지고 있을 때였다.

....

____년 _월 __일
안녕, 나는 17살의 너야.
언젠가는 지금 이 기억도 추억하고 있겠지.
오늘은 아빠가 노래를 한 곡 불러주셨어.
기차와 소나무라는 곡인데, 사실 이 곡이 무엇을 의미하는지는 잘 모르겠어.
이 편지를 읽을 때쯤의 너는 알 수 있지 않을까??
....

부모님이라..
이제 부모님의 얼굴은 잘 그려지지 않아도,
내가 어릴 적 가끔씩 불러주시던 노래는 생각난다.

잠시, 흥얼거려 본다.

「기차가 서지않은 간이역에 키작은 소나무 하나
기차가 지날 때마다 가만히 눈을 감는다

남겨진 이야기만 뒹구는 역에 키 작은 소나무 하나
낮은 귀를 열고서 살며시 턱을 고인다

사람들에게 잊혀진 이야기는 산이 되고
우리들에게 버려진 추억들은 나무되어

기적 소리없는 아침이면 마주하고 노랠 부르네
마주보고 노랠 부르네...」
[기차와 소나무, 이규석]

노래를 부르며 편지의 뒷장을 보니 어른이 된 내가 써 놓은 답장
이 있었다.

....

__X_년 __월 _일
안녕, 17살의 나야.
난 47의 너야.
한동안 잊고 있었는데 이사 오면서 이 편지에 답장을 보내.

지금 저 노래를 들으니 옛 연인과의 이별이 떠오르네.
그때 그 사람은 마치 기차 같았어.
그가 힘차게 떠나가도,

나는 제자리에서 옴짝달싹 못하는 작은 어린아이가 된 것 같았지.
혼자 쓸쓸히 남겨진 나만 그와의 추억을 되돌아보며
그와의 추억을 불렀던 것 같아.
어때, 좀 답변이 되었어?

17의 '나'라..
그때는 철없는 행동도 많이 했었던 것 같은데.
그때가 좋았으려나...
....

그때 이 노래는, 연인과의 이별을 머금고 불리었던가,
이제는 세상과의 소원(疏遠)이 담아진다.

세월은 저기 가는 기차처럼 바쁘게도 멀어져 가는데,
나는 땅에 발이 박힌 듯 뒤쫓아 갈 수가 없었다.

의지는 있었으나
몸이 따라주질 않았고,
있는 힘껏 달리고 싶었어도
몸은 늘어진 테이프처럼 뜻대로 움직여주지 않았다.

열심히 따라가려 노력해 보아도
이미 간이역을 지나친 기차는 멈추지도, 뒤돌아 봐주지도 않았다.

주위를 돌아보니,
지나치는 기차를 바라보는 소나무들이 있었다.

어느새 키 작은 소나무들이 모여 산을 이루고
커다란 나무로 자라있었다.

이제 기적 소리 없는 아침이 밝아오고,
산은 가만가만 노래를 부른다.
.

.

.

그러나, 가끔은.
다시 기적(汽笛)이 울리는,
그런 기적(奇跡)을 꿈꾼다.

이 내 말을 글로써 답장하고 싶지만,
이젠 그럴 힘조차 없는가 보다.
아직 마음만은 활활 타오르는 장작 같건만,
내 몸은 꺼진 불씨인 양 타오를 생각을 하지 않는구나.
그제서야 눈에서 눈물 한 자락이 흘러내렸다.
더 이상 기차가 서지 않는 간이역을
간이역이라 부를 수는 있을까.

그저 바람 쉬어가는 공간되어
서서히 주변 풍경과 하나 되는 거지.

우리 같이 풍경과 하나 되는 날,
그때에 봅시다.
그때까지 열심히 노래 부르오리다.
.
.
.

지금 이 글을 읽고 있는 사람아,
기차를 쫓아라.
당신의 간이역에 멈춰 서는 그 기차를 잡아라.
기차가 너무 자주 선다고 해서 타기를 멈추지 마라.
그 바쁜 간이역도,
언젠가는 한가로워지는 날이 올지니.
그 북적임을 즐기도록 해라.
기적 소리 없는 아침이면, 나와 함께 차라도 한잔하자꾸나.

그대의 기차가 종착역에 달하기까지는
아직 시간이 남았으니,
마음껏 여행을 즐기다 오려무나.

비전공자, 하지만 천재

혹시 길을 가다가 신발에 케이블타이를 달고 다니는 사람을 보고 '아니 신발에 웬 케이블타이를 달고 다녀?'라고 생각해본 적 있으십니까. 혹은 두 개의 화살표로 이루어진 로고는요? 그 남자가 세상을 떠나기 전인 2021년 11월 28일 전에 그것들을 보셨다면 감사해야 할지도 모릅니다. 그것들이 모두 앞으로는 다시 나올 수 없을지 모르는, 오늘 소개할 그 남자, 버질 아블로의 유작일지도 모르는 셈이니까요.

브랜드 오프화이트의 수장, 루이비통 최초 아프리카계 수석 디자이너, 하이패션과 스트릿 패션의 경계를 허문 자, 패션계의 르네상스 맨. 모두 이 남자에게 붙는 수식어입니다. 수식어만 봐도 범상치 않다는 것을 짐작할 수 있는 버질 아블로는 1980년 미국에서 가나 이민자 흑인 부모 사이에서 태어났습니다. 아블로는 부모님의 뜻에 따라 학업에 열중했고 앞에서 본 수식어들과는 전혀 상관없는 위스콘신 대학교의 토목공학과를 졸업하고 일리노이 공과대학교에서 건축학 석사 학위를 받았습니다. 그런 그가 패션의 세계에 개안하도록 도와준 것은 건축가 렘 콜하스와 프라다의 협업이었습니다. 패션에 관심을 가지게 된 아블로는 자신의 티셔츠 프린팅을 하던 한 인쇄소에서 버질 아블로의 성공의 두 가지 조건 중 하나라고 생각하는 인생의 동반자가 될 세계적인 음악가, 칸예 웨스트를 만납니다.

아블로는 칸예와 함께 펜디에서 인턴 생활을 했고, 칸예 앨범의 아트 디렉터를 맡으며 더욱 이름을 알리고 다양한 인간관계를 구축할 수 있었습니다. 아블로는 2012년 자신의 첫 브랜드인 파이렉스 비전을 설립하고 실험적인 활동을 하며 명성을 높였습니다. 그로부터 1년 뒤인 2013년, 세계 최고의 스트릿 브랜드 중 하나인 오프화이트를 설립합니다. 아블로는 그 브랜드의 수장으로써 나이키, 루이비통, 컨버스, 에비앙, 이케아, 심지어는 아모레퍼시픽까지의 수많은 협업을 진행했습니다. 마침내 2018년 3월 35일 아블로는 명실상부 세계 최고의 브랜드인 루이비통의 남성복 아티스틱 디렉터 자리에 오릅니다. 루이비통 디렉터로서의 첫 쇼를 성공적으로 마치고 난 후 자신의 동반자 칸예와 함께 눈물을 흘리는 감동적인 모습이 포착되기도 하고 인스타그램에 'you can do it too'라는 문구를 남기며 세상에, 특히 자신과 같았던 처지인 흑인들이나 어린 디자이너들에게 희망을 전했습니다.

그는 이제 1년 중 320일 출장, 일주일에 8번 비행기를 타는 세계에서 가장 바쁜 디자이너, 전 세계에 영향을 미치는 디자이너가 되었습니다. 하지만 사람이 완벽할 수만은 없는 법, 아블로는 표절 논란과 루이비통 디자이너로서의 자격 논란에 휩싸였습니다. 그가 이런 논란들을 극복하고 보란 듯이 성공했다는 식의 얘기는 어려울 수도 있습니다. 하지만 결과론적으로만 보자면 그는 상당히 완벽한 극복을 이룬 것처럼 보입니다. 논란을 비웃기라도 하듯 루이비통과 오프화이트는 실패할 기미조차 보이지 않았기 때문입니다.

아블로가 이런 성공을 거둘 수 있었던 두 번째 이유는 바로 버질 아블로의 디자인 철학 때문이라고 생각합니다. 그리고 버질 아블로의 디자인 철학을 가장 잘 드러내주는 말은 "저는 스스로를 패션디자이너라고 생각해본 적이 없어요. 저는 그저 아이디어를 내는 크리에이터죠."라고 생각합니다. 그는 자신이 패션계에 기반을 두고 있는 사람이 아니기에 고전적인 방식으로 컬렉션을 만들어나갈 수 없다고 했습니다. 아이러니하게도 그것이 그를 최고의 자리에 올린 비결이었습니다. 그는 패션디자이너라는 한계에 국한되지 않아 가질 수 있었던 넓은 시야로 다른 분야의 요소를 가져와 패션과 결합하는 편집자의 일을 했습니다. 그는 이것 때문에 비난을 받기도 했지만 그에게 큰 성공을 가져다준 것도 편집의 능력입니다. 이 능력을 칸예가 발굴해 세상에 소개한 것이라고 생각합니다. 앞에서 소개했던 수식어를 얻은 것도, 최고의 디자이너가 된 것도 모두 이 능력에 기반한 것입니다.

그의 성공을 막을 수 있는 무언가가 있었을까요? 아마 불가능했을 것입니다. 쭉 뻗은 성공의 기찻길을 달리는 기관차 같았던 그가 심장암이라는 돌멩이 하나에 걸리기 전까지는요. 기차는 탈선할 수밖에 없었고, 그를 기리는 추모의 물결은 그가 달려왔던 기찻길을 넘치도록 채웠습니다. 그렇게 41년을 달려온 그는 갑작스런 사고로 멈췄습니다.

버질 아블로는 정말 한 편의 스크린같은 삶을 살았다고 생각합니다. 그는 패션 비전공자가 세계 최고 브랜드의 크리에이티브 디렉터를 맡을 수 있다는 것을 보여주고 루이비통 역사상 최초 흑인 디자이너라는 타이틀까지 갖게 됩니다. 그가 이룬 업적들은 흑인들뿐만 아니라 우리에게도 가능성을 열어주며 할 수 있다는 것을 보여줍니다. 그의 유작중 하나인 루이비통과 나이키의 협업 운동화는 소더비에서 경매되어 수익금은 버질 아블로의 포스트 모던 장학재단에 전액 기부된다고 합니다. 이런 점에서 그는 희망을 대표할 수 있는 사람이 아닌가 생각합니다. 루이비통은 'virgil was here'이라는 문구를 내걸기도 할 만큼 아직도 버질을 그리워하는 사람들은 많고 시간이 지나도 잊힐 수 없는 업적을 남겼다는 것은 분명합니다. 희망의 아이콘, 버질 아블로는 패션 시장의 판도를 바꿨으며 세상에 희망을 전파했습니다. 대체 불가능했던 그는 그의 영혼을 담은 것들을 남김으로써 그가 조금이라도 대체되기를 바랬을지 모릅니다. rest in peace, Virgil Abloh

사람다운 사람

세상엔 다양한 사람들이 존재하며 여러 가치관 속에서 본인의 생각을 펼쳐나간다. 살면서 정말 다양한 사람을 만나왔지만 나와 같은 사람들은 그리 많지 않다는 사실을 깨달았다. 뉴스 댓글이나 SNS 댓글을 보면서 '이런 생각을 할 수도 있구나.'라는 사실에 놀랐다. 서로의 의견이 맞지 않거나 윤리적으로 맞지 않는 생각을 하는 의견을 보고 대립하는 것도 보았다.

대립하는 상황은 내 삶에 종종 일어났다. 며칠 전 국어 블록 수업 시간, 책 주제에 대해 친구와 의견이 많지 않아 서로 논쟁했다. 나와 맞지 않다고 해서 틀린 건 아님을 알기에 넌 그렇게 생각할 수 있지만 난 생각이 다르다고 말했다. 서로 다른 것은 당연하다. 타인의 생각을 인정하지 않은 채 본인의 의견만이 옳다고 주장하는 것은 옳지 않다. 그렇기에 서로의 의견을 굽히지 않되 의견을 무시하지 않으면서 열띤 토론을 이어 나갔다.

자신의 의견과 맞지 않다고 서로를 비난하는 경우도 봤다. 어리다고 깔보거나 그런 생각을 왜 하는 거냐는 말에 상처받았다. 본인의 의견이 모두에게 옳았으면 하고 인정받고 싶은 마음에는 공감한다. 하지만 나와 다른 타인을 배척하는 것은 아니다.

SNS 댓글들을 보면 더한 경우도 많다. 보기에 거북할 정도의 수위를 언급하며 말하는 사람들도 있었고 특정한 사람에 대한 욕도 서슴지 않고 했다. '이게 맞나'라는 생각이 들 정도의 수위였다.

또 다른 예로는 친구들 사이의 말싸움이다. '친구'라는 단어에 의미를 부여하는 방식이 나와 그 친구는 서로 달랐다. 친구가 세상 전부라고 생각했던 그때의 나는 나와 깊은 관계를 유지해줬으면 하는 사람이었다. 그렇지만 그 친구는 적당한 거리를 두고 싶어 했고 깊은 관계까지는 가고 싶어 하지 않았다. 나와 그 친구는 반년이라는 시간 속에서 서로 이해하며 지냈다. 하지만 결국 얼마 가지 못하고 서로 다퉈야 했는데 그 애는 내가 생각하는 '친구'의 의미를 이해해주지 않았다. 그 애가 생각하는 '친구'의 의미는 아마 적당한 거리를 유지하되 깊이 친해지는 건 내키지 않고 가끔 말만 섞는 관계이다. 그때는 내 생각이 틀린 줄 알았다. 친구는 날 이해하기보다 본인의 생각만 옳다고 말하면서 날 무시했다. 난 내 의견이 옳다고 주장할 용기가 없었다. 결국 3개월 뒤에 내가 먼저 연을 끊어버렸다. 그때 인간관계에서 처음으로 상처를 받았다.

남의 의견을 배척해가면서 본인이 옳다고 주장하는 사람들은 이해하고 싶지 않다. 남의 의견을 존중하면서 본인의 생각을 말해야 한다고 생각한다. 몇 년을 살았든지 그 속에서 다른 이들의 영향을 많이 받았을 테고 내가 원하는 상황에 맞는 사람만 찾는 일은 존재할 수 없으니까. 피를 나눈 가족들조차도 의견이 맞지 않는 경우가 많은데 하물며 타인은 어떨까.

우린 앞으로 오랫동안 살아갈 것이고 다양한 사람들을 만날 테다. 그렇다면 다양한 생각과 가치관을 존중하고 이해해야 한다. 살아가면서 내 의견을 펼치지 않으면서 살아간다면 언젠가는 무시당하며 내가 주장하는 것이 무엇인지 제대로 생각이 안 날 때도 있을 것이다. 그렇다면 내 의견을 확고하게 주장하는 것이 맞고 가치관을 잘 형성해야 한다. 그렇다고 다른 사람의 의견을 무시하는 것이 아닌 잘 경청하고 의견을 존중하면서 살아가야 한다.

惡 : 사람의 본질

최진우

"약육강식", "적자생존" 자연에서는 언제나 통하는 진리이자 자연을 표현하는 그 글자 그대로인 두 사자성어. 먹지 않으면 먹히고, 죽이지 않으면 죽는다. 갓 태어난 동물이라도 알고 있는 그들 DNA에 각인된 통념. 이는 동물에게만 통용되는 것은 아니다.

사람 또한 이 통념을 자연스레 알고 있으며 이를 행하며 진화해왔다. 사회가 계약을 통해 성립된다고 주장하는 사회계약자 중 홉스와 루소는 각각 성악설과 성선설을 주장하였으며 로크는 백지논리를 주장하였다. 이들의 주장에 공통점은 인간은 스스로 경험을 통해 성립하는 가치관 이전에 기저를 두고 있는 본성이란 것이 강하게 작용하는 생물이라는 것이다. 그렇다면 인간은 과연 어떤 본성이 자리 잡고 있을까?

난 인간의 본성은 한없이 악하다고 생각한다. 홉스는 말한다. 인간은 누가 시키거나 강요하지 않았음에도 모든 부분에서 경쟁을 주도하며 항상 투쟁한다고 나 또한 같은 의견이다.

선행하는 자는 한없이 적고 설사 그렇다 해도 이면엔 이기적인 목적이 있는 경우가 대부분이다. 이에 반면 악행은 저지르기 쉽고 한번 저지르기 시작하면 마치 중독되듯이 악행을 반복하는 경향이 있다.

아무것도 모르는 무의 상태의 아기를 한번 관찰해보자. 아이들은 오히려 어른보다. 악행을 하는데 아무 스스럼이 없다. 촉법소년 범죄만 보아도 알 수 있듯 오히려 어릴 때 그 범죄의 강도가 강한 경우가 더 많다. 그렇다면 사람은 결국 악하고 자라나며 주입된 가치관이 이를 억제하는 형태로 성장하는 것이 아닐까? 라는 가설이 성립할 수 있다.

여기까지의 내용을 통해 우리는 인간의 본성이 악하다는 성악설이 옳다는 것을 말해 왔다.

그렇다면 인간은 어디까지 악해질 수 있을까?

지금부터 몇 가지 이야기하겠다. 이 이야기들을 듣고 인간은 어디까지 악해질 수 있을까? 라는 질문에 답 해보기를 바란다.

⟨ep 1 : 한 아이와 엄마의 이야기⟩

"아무것도 하기 싫다. 아무것도 안 하고 살아가는 방법이 없을까?" 오늘도 건우는 침대에 위에서 휴대전화기를 보며 시간을 보내고 있었다. "건우야 학원 가야지." 거실에서 건우를 재촉하는 엄마의 목소리가 들렸다. "아! 안 가요! 어차피 엄마를 닮아 머리가 나빠서 어차피 가도 아무 도움이 안 돼. 좀 똑똑한 머리로 낳아주던가. 그것도 아니면 돈이라도 많이 물려주던가. 아니면 잘생기게

낳아주던가. 아무것도 아니면 그냥 조용히 해요. 다 엄마 닮아서 이런 거니까." 누가 봐도 제정신인 아들이 엄마에게 할 법한 소리는 아니다. 그 사실을 건우도 안다. 다만 일부러 엄마가 상처받으라고 상처받을 말만을 골라 말하는 것일 뿐. 그가 이러는 이유는 무엇일까? 건우는 답한다. "그냥 짜증 나서요." 그냥 아무 이유 없이 단지 짜증 난다는 이유로 자신을 위해 모든 것을 희생하는 부모에게 이렇게 할 수 있단 말인가.

⟨ep 2: 愚者:어리석은 사람⟩

"판결 내리겠습니다. 본 피고는 당시 술을 많이 마셔 제대로 된 의사능력을 행하지 못했기에 본 사건의 고의성을 입증할 수 없어 무죄를 선고합니다." 판결문을 들은 아이의 아버지는 그대로 주저앉았다.

"겨우 술을 마셨기 때문에 그놈의 정상참작! 내 딸은 저놈 때문에 평생을 대변 주머니를 차고 살아야 하는데 어찌 저놈은 술을 마셨다는 이유로 그 모든 죄가 사해진단 말인가. 이건 말도 안 돼! 이 나라의 법은 정녕 가해자를 위한 법인가 말인가.

나는 나를 원망하는 저 처절한 비명을 들으며 생각했다. 사실 나는 사건 당시 술에 취해 있지 않았다. 단지 이 나라의 되먹지 못한 법에 대해 잘 알고 있으며 무죄라는 판결을 받기 위해 범행을 저지르고 술을 마셨을 뿐이다. 지금도 피해자에게 미안하기보다는 이 간단한 사실을 알지 못하고 저러는 어리석은 자들이 안쓰러울 뿐이다.

〈ep 3 :연쇄살인범의 일기〉

xxxx/xx/xx

　오늘도 사람을 죽였다. 죽였다고 말해야 하나? 그저 편안히 해줬다고 생각한다. 그 사람은 필시 나에게 고마워할 것이다. 이 험난한 세상과 빠르게 작별할 기회를 줬으니. 아직도 왜 내가 구해준 사람들의 가족들은 그렇게 우는지 모르겠다. 같이 해방되지 못해서 그런가? 이기적인 사람들. 사람 해방하는 게 그렇게 쉬운 줄 아나? 같은 집에서 한 명 해방되었으면 고마워할 것이지. 역시 인간이란 끊임없이 갈망하는 탐욕으로 가득한 생물이다. 왜들 그렇게 삶에 갈망하는지. 어차피 죽을 텐데 먼저 죽든 나중에 죽든 똑같지 않은가. 세상은 이런 나에게 고마워하기는커녕 질타한다. 어리석은 사람들. 그렇지만 나는 믿는다. 언젠가는 이들이 나의 장대한 생각을 이해하리라고. 내일도 누군가를 해방해주기 위해 오늘 글은 여기서 마무리 짓도록 하겠다.

　P.S. 내가 하는 모든 행위는 타인을 위한 것이다. 난 한없이 이타적인 사람이다.

　세 가지 이야기를 읽고 어떤 생각이 드는가? 첫 번째 이야기는 아무 이유 없이 자신의 감정에 몸을 맡겨 남에게 상처 주는 말을 했고 두 번째 이야기는 죄를 저질러 놓고는 오히려 자신의 범행을 알아보지 못한 사람들을 불쌍하다는 듯이 지켜보고 있으며 세 번째 이야기는 더는 우리의 일반적인 상식으로는 생각하지도 못하는 행위를 남을 위한 일이라며 정당화하고 있다. 인간은 어디까지 악해질 수 있는가. 혹자는 말한다. 인간은 선을 추구하기 위해 살아간다고 과연 그것은 바른 말인가. 선을 추구하는 것이 삶의 의의라면서 모든 생태계 생물들을 통틀어도 가장 악행을 저지르는 생물은 인간이란 말인가. 인간은 악하다. 이것이 불변의 진리임은 감히 반박할 수 없다. 당신은 어떠한가. 아직도 스스로 선하다 자신 있게 말할 수 있는가? 당신은 어디까지 악해질 수 있는가.

사용자

　고등학교를 처음에 들어왔을 때 외향적이었던 내가 시간이 지남에 따라 점점 내향적으로 변해가고 있다는 걸 느꼈다. 입학한 지 얼마 지나지 않아 첫 시험에 대한 부담이 몰려왔다. 상대평가이다 보니 남들과 비교하는 나의 모습을 발견했다. 문제는 비교의 대상이 나와 친하거나 안면을 튼 학생들이라는 것이다. 점점 인간관계에 회의를 느꼈다. 남들도 나에 대해 그렇게 생각할지, 내 앞에서는 친구인 척하지만 뒤에서는 비교할지 의심이 들었다. 가장 친한 친구와 경쟁하게 만드는 상대평가가 너무나도 싫었다. 그러나 내가 비교당하는 곳은 학교 외에도 존재했다.

　학생들을 한 줄로 나열하는 고등학교에서 도피하기 위해 접속한 소셜 미디어가 오히려 내가 느끼는 상대적인 박탈감을 동요했다. 조사에 따르면 2000년대에 소셜 미디어가 발달함에 따라 청소년 자살률, 우울증을 앓는 비율이 거의 3배나 증가했다. 개발자들은 그럴 의도가 없었지만 소셜 미디어는 사람들을 더 가깝게 연결해주면서 오히려 나 자신을 남들과 비교하는 데 사용되었다.

게다가 인간의 뇌는 수천 명 또는 수만 명의 정보를 한꺼번에 받아들이고 비교하는데 적합하지 않다. 소셜 미디어를 사용한 것이 결과적으로 내가 스트레스받고 남들과 비교하는데 불을 지핀 역할을 한 것이다. 그렇다고 이를 한 번에 끊을 수 있는 것도 아니다. 소셜 미디어 회사들은 우리가 평소에 무엇을 즐겨보고, 무엇을 검색하고, 한 창에 얼마나 오래 머무르는지 분석해 알고리즘을 만든다. 그렇게 우리가 보고 싶은 것만이 담긴 서치 버블이 형성된다.

예일대 교수인 에드워드 터프트 말에 따르면 전 세계에서 고객을 '사용자'라고 지칭하는 산업은 단 두 가지뿐이다. 불법 마약과 소프트웨어. 그만큼 중독성이 강한 알고리즘에 의해 내가 지배당한다는 생각이 가끔 든다.

세상의 아름다움에 대해 작성하고 싶었다. 평소에도 일상에서 소소한 행복을 누리면서 사는 것이 목표였기 때문이다. 이렇게 암울하고 남들과 경쟁하는 세상은 다름 아닌 우리가 만들었단 사실에 안타까웠다. 그래서 나는 남들과 다른 세상을 선택했다. 나는 절대평가를 지향하는 교육과정을 선택했고 그 덕분에 내가 앞으로 받고 싶은 교육이 무엇인지, 대학 가서도 뭘 하고 싶은지 생각해볼 수 있는 여유가 생겼다. 현재 사는 세상에 만족하지 않더라도 조금만 둘러보면 내가 원하는 세상에 더 가까워질 수 있다. 내향적으로 변했었던 내가 다시 외향적으로 돌아오고 있는 걸 통해 알 수 있듯이.

연예인

항상 연예인들을 바라본다. 그들이 방송하는 모습, 연애한다는 기사 말이다.

아이돌을 좋아한다. 그래서 그들의 무대 영상을 보면서 열광한다. 그들은 컴퓨터 너머의 존재들을 알 리가 없다. 어쩌면 그들의 팬들은 자신의 존재를 알리고 싶지 않아 숨기고 있을지도 모른다. 나도 그렇다. 너무나도 완벽한 그들 앞에 서기엔 나 자신이 너무 초라하고 부끄럽다. 그렇기에 익명으로 내가 좋아하는 아이돌에게 댓글을 마구 달고 그 댓글이 읽히는 순간 좋아한다. 그뿐이다. 나는 이토록 멀리서 응원을 보내지만 그들은 내 이름조차 모른다. 가끔 이런 내가 한심해 보일 때가 있다. 갑자기 우울해져 노래를 듣는다. 듣던 노래만 듣는 나의 플레이리스트엔 온통 아이돌 노래뿐이다. 하지만 그걸 인식하지 못한 채 그들의 노래 중 우울한 노래 하나를 튼다. 꼭 더 우울해지고 싶은 사람처럼 우울한 걸 찾아 헤맨다.

나는 정신을 차리고 빨래를 갠다. 그때 친구에게 전화가 왔다. 그녀는 나의 3년 지기 친구로 많은 관객에게 위로를 준 한 영화의 주인공과 분위기가 정말 유사하다. 그녀와 함께 있으면 아무 생각도 들지 않았고 상처받는 일도 없었다. 또한 그녀도 나와 같은 생각을 하고 있다고 했다. 그녀는 나와 다르게 활동적이었고 모험을 좋아했다. 어느 날 그녀는 나에게 자신의 꿈은 시골에 내려가 모르는 할머니들과 친해진 뒤 같이 밥을 먹으며 사는 것이라고 하였다. 돈을 버는 것이 중요하다고 생각했고 단언컨대 한 번도 그런 생각을 해본 적이 없어서 적잖은 충격을 받았다. 그런 그녀에게 전화가 왔다.

"지금 뭐해?"
"그냥 있는데."
"아 잠깐 만날래??"
"그래."

그렇게 우린 항상 갔었던 놀이터에서 만났다. 사실 우린 1년 만에 만난 것이었다. 우린 오랜만에 각자의 삶에 대해 이야기를 나눴다. 그 순간만큼은 정말 그녀와 나만 존재하는 것 같았다. 서로 말을 하지 않을 때 느껴지는 적막함마저 좋았다. 그녀는 나에게 많은 영향을 미친다. 이야기를 나누다 보니 시간이 늦어 각자의 집으로 돌아갔다. 집에 다시 오니 마음이 편안하고 차분해졌다. 나는 또다시 자연스럽게 그 아이돌의 노래를 들었다.

나는 정말 매일같이 연예인들과 접해있다. 심지어 소중한 친구를 소개할 때도 그녀 자체가 아닌 그녀와 유사한 연예인을 가장 먼저 떠올렸다.
문득 나는 생각했다. '내가 연예인이 된다면 어땠을까.' 그들을 향한 나의 마음만큼 날 좋아해 주는 사람이 생긴다면 좋을 것 같다. 이런 긍정적인 생각도 잠깐, 내가 연예인이 된다면 사람들은 내 표정, 말투, 심지어 내 눈동자를 유심히 들여다보며 내 사생활을 추적하려고 할 것이고 어쩌면 아무 이유 없이 욕할 수도 있다. 나에 대해 많은 것들을 아는 그들을 걷다가 마주쳐도 누군지 모를 것이다. 문득 악플로 인해 그룹을 나간 한 멤버를 떠올렸다. 그는 탈퇴 후 개인 활동을 했다. 언제 한번 SNS 라이브 방송을 통해 그는 자신의 아픔을 털어놓았다. 힘들고 무섭다고. 그는 정신적으로 굉장히 불안한 상태였음에도 곡을 발매해왔다. 그 라이브 방송을 본 순간 그에게 위로를 건네고 싶었다. 괜찮냐고 물어보고 싶었다. 만약 나의 말이 닿는다면 그는 위로를 바랄까 아니면 모르는 사람을 통한 위로를 두려워할까.

하지만 그도 결국 자신이 선택한 길 아닌가. 대체 왜.. 모르는 사람들의 관심을 받기 위해, 나를 조롱하는 사람들에게도 잘 보이기 위해 사는 걸까 과연 저 삶이 즐거울까?

어쩌면 난 그저 무대 위 주인공보다 그들을 빛내주는 관중이 맞을지도 모르겠다.

無關心 ： 무관심

나를 나타내는 단 하나의 완벽한 단어.

_임윤(林鈗)

나는 나에 대해 '무관심'하다는 표현이 가장 어울린다. 원래 무관심한 사람이었는지, 아니면 그렇게 된 것인지는 나도 모른다.

어릴 때 내가 본 나는 항상 누군가 다가오는 것이 두려운 사람이었다. 두려웠기에 회피했고, 무관심했기에, 감정에 서툴렀다. 감정으로 나의 선을 넘는 것은 참으로 무서웠다. 변덕이 심한 그것은 초 단위로 바뀌니, 언제 어떻게 될지 몰랐다.

열세 살 무렵, 어리석은 생각이었지만 누군가에게 마음을 표현하는 것은 세상의 뜻대로 사는 것만 같았다. 그래서 감정을 버리려고 했다. 원래 눈치도 없어서, 감정을 버리는 건 오히려 쉬웠다.

열다섯의 나는 누군가의 입방아에 오르고 싶지 않았다. 삐딱했지만, 겁 많은 중학생이었다. 누가 나에 대해 이야기하는 게 껄끄러웠다. 무슨 말을 할지 몰랐고, 가늠도 되지 않았다. 이제 고작 초등학교 졸업을 했는데 사랑이라는 걸 운운하는 건 바보 같다고 생각했다. 옆에서 연애하는 친구들도 없었거니와, 나에게는 사랑이란 그저 귀찮고, 아직은 너무 이르다고 생각했다. 누군가에게 호감을 갖고 있다는 것 자체를 억누르기 시작했다. 하물며 아이돌을 좋아한다는 감정도 숨겼다. 나 자신에게부터 세뇌를 걸었다.

정신이 없었다. 부모님께선 언젠가부터 "고등학교는 어쩌지."라고 하신 이후로 난 학교와 학원만 갔고, 학원에서 주는 숙제를 치워내기 바빴다. 감정까지 감당할 여력이 없었다. 살은 오르고 키는 컸지만 내가 표현할 수 있는 감정은 적어져 갔다. 호감을 표하면, 외면했다. 나는 아직 모자라서, 미안하다고밖에 하지 못했다.

열일곱이 되던 어느 여름, 한 사람과의 관계가 끊겼다. 그에게 좋아한다는 말을 들었다. 좋은 친구였다. 누군가는 바보 같다고 할 수도 있지만, 2년 전과 마찬가지로 미안하다고밖에 할 수 없었다. 머리가 굵어지고 받은 고백이었다. 친구들은 고백이 설렌다, 간질간질하다는 온갖 미사여구를 붙여 설명해주었지만, 친구들의 말과는 달랐다. 난 아득했다는 감정이 가장 먼저 들었다. 순간 몸이 굳어버렸다. 가까스로 정신을 붙잡고 미안하다고 전했다. 적잖이 당황한 표정이었고, 나는 뛰쳐나왔다. 온몸이 바들바들 떨렸다. 5분도 안 되는 그 찰나에 일어난 일이었다.

누구는 너를 좋아해 주는 거 자체가 고마워야 하는 거 아니냐고 했다. 지금 나 하나도 벅찬데 내가 얘까지 신경 써야 한다는 걸 생각하면 머리가 지끈거렸다. 상대방에게는 정말 미안하고, 곤란했지만 내가 할 말은 정해져 있었다.

친구라고만 여기던 친구에게서 고백받고, 차버린 그 날이었다. 내 친구는 대수롭지 않게 고백을 찬 나를 보며 말했다. 사람 마음을 그렇게 쉽게 볼 수 있냐고, 조금은 이기적이라고. 그 애가 너를 얼마나 좋아했는지 알면서 그렇게 매정하게 차버리냐고. 매정하다는 말을 듣고 조금 찔렸다. 무관심하고, 매정한. 그게 나였다.

중학교 때는 고등학교 공부해야 한다고, 고등학교 때는 내신 챙겨야 한다고. 날이 가면 갈수록 이유는 늘어났다. 어쩌면 대학생 때는 취업하려고, 이 말이 핑계가 되지 않을까.

내 친구가 말한 것처럼, 남의 마음을 대수롭지 않게 여기는, 이기적이고 무관심한, 정이 없는 사람. 그게 남이 보는 '나'가 아닐까.

Epilogue.

"야, 내 친구 중에 너 좋아하는 애 있는데."

"음? 누군데?"

"아직 모르는구나. 뭐, 어련히 때 되면 얘기하겠지."

"아 뭐야."

항상 이런 식이었다. 누군가가 나를 좋아한다는 소식만 전해 들었다.

하지만 잡지 못한 미련은 없었다.

-

일란성 쌍둥이 입장문

조유란

쌍둥이로 살아가는 경험은 해보지 못한 사람이 많을 것이다. 태어나보니 일란성 쌍둥이였던 내가 현재 느끼는 바에 따르면, 유전자가 99% 일치하는 인간을 같은 세상에 두고 산다는 건 여러분의 예상보다 훨씬 멋진 일이다. 저 얼굴을 본 다음에 내 얼굴을 보면 완전히 다른 사람 같은데, 어느 순간 거울 앞에 같이 서면 우리가 이렇게 똑같이 생겼었나 싶기도 하다. 아무튼 이제껏 나는 타인에게 내가 쌍둥이임을 밝히면서 참 많은 질문을 받아왔는데, 이 글에서 그 대답을 쭉 정리할 겸 하고 싶었던 말들도 풀어볼까 한다. 단 지극히 주관적인 나의 생각이고 내 쌍둥이 언니의 의견 또한 조금도 반영되지 않았으니 그 점은 유의하며 보기를 추천한다.

1. 옷

초등학생 때까지는 엄마가 항상 같은 옷을 두 벌씩 사 왔는데, 나중에 알고 보니 옷 가지고 싸우지 말라는 의미보다도 그냥 똑같은 옷 입은 쌍둥이를 보고 싶었던 것 같다. 나도 지나가다가 같은 옷 입은 쌍둥이를 보면 참을 수 없이 귀엽다. 아무리 구린 옷이라도 어린 쌍둥이에게 함께 입히면 귀여워 보이는 착시효과가 있다고 해도 과언이 아니라고 생각한다. 우리는 엄마의 취향에 따라서 이상한 옷을 같이 입는 일이 예사였는데도 가는 곳마다 귀여워해 주는 사람이 있었을 정도이니까.

2. 누가 언니야?

우리가 쌍둥이라고 밝히면 정말 남녀노소 누가 언니고 누가 동생이야? 라는 질문을 한다. 안 물어본 사람을 찾는 게 더 빠를 수도. 기분이 나쁜 질문은 아닌데 왜 물어보는지 잘 모르겠다. 어차피 쌍둥이는 세포분열로 동시에 서로 다른 수정란이 되니까 말이다. 사실 이 점은 반대로 내가 쌍둥이를 대하는 사람들의 일반적인 태도를 이해할 수 없는 부분이다. 우리는 태어나기 직전까지 둥둥 떠다니며 자리를 수도 없이 바꿨고, 의사 선생님의 손에 의해 겨우 1분 먼저 세상을 본 게 나의 혈육이다. 그래서 나에게는 우리가 태어난 순서보다도 같은 순간 생겨난 사실이 더 흥미롭다는 것이다. (내가 동생이라는 사실이 싫어서 변명하는 게 아니라는 걸 알아주길 바란다. 나는 내가 늦게 태어나서 손해 본 적은 단 한번도 없다고 생각한다.)

3. 헷갈림

생각보다 우리를 구별할 줄 아는 사람도 꽤 있다. 나는 일란성 쌍둥이를 구별하는 일이 쉽지 않다고 생각하는데 의외로 잘들 아는 것 같다. (오랜 친구들이 나도 구별 못하는 우리의 유치원 시절을 보고 각자를 가려내는 걸 보면 정말 신기하다.) 물론 헷갈려 하는 사람이 훨씬 많은 건 사실이다. 어릴 때는 우리를 구분하지 못하는 사람들이 너무 짜증 났는데, 지금은 나에게 소중한 사람들만 아니면 웬만해서 기분 나쁘지 않다. 그 사람들은 우리를 헷갈릴 때가 지나기도 했고. 그렇지만 방에 차례대로 들어갔다 나왔다 하면서 '내가 누구게요'를 시전했었다는 숙모의 말을 들어보면, 그때 우리가 겉으로는 짜증을 내면서도 사람들의 혼란을 은근히 즐겼던 것 같다고 생각한다. 아무래도 누구나 하는 경험은 아니라는 것을 알고 있었을 테니.

4. 텔레파시

내가 기억하는 순간부터 아빠는 우리가 세상에 둘도 없는 친구라고 했다. 초등학교 고학년 무렵에는 서로 죽일 듯 싸웠기 때문에 난 그 말을 전혀 이해하지 못했지만, 결국에는 그 애가 내 인생에 우리 부모님보다도 많은 영역을 차지하고 있다는 것을 인정할 수밖에 없었다. 물론 이렇게 말해 본 적은 없고 걔도 나를 이렇게 생각하고 있는지는 잘 모르겠다. 하지만 나에게 그렇듯 분명 그 애에게 있어서 나 또한 아끼는 사람, 소중한 사람인 것을 확신할 수 있다. 우리 사이에는 당연하다는 듯 그런 확신이 있다. 내가 사라지면 나를 누구보다 아쉬워할 사람이 서로라는 걸 본능적으로 안다고 해야 할 것 같다. 일란성 쌍둥이는 텔레파시가 통한다는 터무니없는 말을 들어본 적 있는가? 그 웃기지도 않은 소리가 만약 이런 본능을 저격하고자 한 어떤 일란성 쌍둥이 연구자의 생각이라면, 나는 이를 인정할 수 있겠다. 정말로 그런가 싶을 때가 있기 때문이다. 아빠의 말은 반은 맞고 반은 틀린 것 같다. 우리는 피를 나눈 가족이니 친구는 아니지만, 친구라는 단어 외에 우리 관계를 정의할 수 있는 표현이 떠오르지 않는다. 그냥 내가 그 애를 겨우 그런 평범한 말로 부르고 싶지 않은 것일지도 모르겠다.

5. 혈육 반지

우리는 반지를 두 개나 맞춰 끼지만, 나는 이게 여느 친구들이 나눠 가지는 우정 반지와는 약간 결이 다르다고 생각한다. 굳이 이름을 붙이자면 이건 혈육 반지다. 반지 따위가 우리 사이의 뭔가를 이어주고 한다는 의미는 아니다. 단지 우리의 특수성을 사랑하는 내가 이를 과시하고 싶었던 차에 반지 쇼핑을 하고 있었을 뿐이다. 혈육과 같은 액세서리를 사용한다는 것에 거부반응을 보이는 친구들이 많기에 진상규명을 하자면 그렇다.

항상 말하는 데 우리는 사이가 매우 좋은 편이다. 싸우기야 대개 많은 형제자매가 그렇듯 많이 싸워왔고, 앞으로도 그럴 것 같지만 그 과정도 지금의 우리를 만든 수많은 요소 중 하나이므로 나는 그 순간들을 아낄 수 있다. 이 글을 보여주면 오글거린다고 발

버둥 칠 모습이 벌써 눈에 선하지만, 내 마음이 이런걸. 그 애도 나와 같은 마음이길 바라면서 일란성 쌍둥이 입장문을 마무리한다.

3장

기울어진 마음을

공포본능

"비판적으로 생각하는 것은 항상 힘들지만, 우리가 무서울 때는 거의 불가능하다. 마음이 두려움으로 가득 차 있을 때 사실을 받아들일 여지가 없어진다."

《팩트풀니스》에 나오는 구절이다. 저자 한스 로슬링은 우리가 세상을 잘못 이해한 10가지 이유에 대해 말하며 그중 하나가 바로 공포본능이다. 공포본능은 우리가 무서운 것에 더 많은 관심을 기울이는 경향을 말한다.

위험한 세계라는 이미지는 다양한 매체를 통해 그 어느 때보다 더 효과적으로 방송된다. 사실 세상이 더 안전하고 덜 폭력적이었음에도 말이다. 당신에게 위협이 되는 요소는 당신을 얼마나 두렵게 하는지에 따라 정해지는 것이 아니다. 오히려 얼마나 많이 노출되어 있는지에 따라 당신에게 위협을 가하는 정도가 달라진다. 다시 말해, 우리는 무서울수록 수많은 긍정적인 소식을 무시하고 불안한 소식 하나에 두려워하는 경향이 있다.

코로나가 창궐한 지 얼마 지나지 않았을 때 알코올을 섭취하면 소독제의 역할을 해 코로나를 예방할 수 있었다는 가짜뉴스가 유행했다. 이성적으로 생각해보면 과학적 근거가 없는 말도 안 되는 소리지만 그 당시에는 모두가 흠칫하며 설마라고 의심하며 두려워했다. 세계적인 영향력을 가진 미국의 전 대통령 도널드 트럼프마저 이러한 사실을 인정했을 정도로 코로나라는 팬데믹이 이성적인 판단 능력에 족쇄를 걸었다.

고등학생한테 가장 흔한 공포본능의 사례는 친구 관계나 대학에 대한 두려움이다. 다른 학생들은 오로지 생기부를 채우기 위해 자신의 진로와 관련 없는 활동들을 하고 모 대학의 입학설명회를 듣지만, 자신의 관심을 두고 있지 않더라도 하지 않으면 대입에서 경쟁력을 잃는다는 두려움 때문에 학우들을 따라 하는 경우가 많다. 이게 더 심해지면 집단에 속하려는 경향과 소외되고 싶지 않은 불안감 때문에 도덕적이지 않은 행동까지 따라 할 수도 있다.

살다 보면 두려움을 느끼는 경우는 항상 존재한다, 두려워하면 세상이 다르게 보인다. 존재하지 않는 위협이 실제로 존재하는 것처럼 느껴진다. 공포 때문인 우리의 편향은 정상적인 사고를 억제하여 모방의 가능성을 띄거나 부정적인 여론을 조장할 수 있다. 공포본능이 내부적인 요소, 낮은 자존감, 과도한 걱정으로 발생한다면 당신이 불안해하는 것을 극복해야 한다. 타인과의 비교로 인한 자존감 저하를 멈추고 근거 없이 결과를 도출하지 않도록 조심하면 극복할 수 있다.

만약 공포본능이 언론, 친구들의 대화 같은 외부적인 요인에 의해 발생한다면 진정한 다음 더 이성적으로 생각해 세계를 더 객관적인 시각으로 바라봐야 한다. 사람들은 같은 공포를 공유하고 있으면 협력하는 경향이 있다. 상대평가인데도 불구하고 서로를 도우면 입시로 인한 공포도 감소시킬 수 있을 것이다.

사과는 과연 썩어 있을까

이호찬

　살다 보면 자신만의 세계에 갇혀 생각을 가두고 고이게 만들어 썩히는 사람들을 볼 수 있다. 나도 그중 한 명이어서 그런 경험을 많이 하게 된다. 나같이 보이지 않는 것들에 대한 걱정이 꼬리를 물고 생겨나는 사람들을 위로하는 글을 써보려 한다.

　먼저 세잔의 그림 하나를 보며 얘기를 해보고 싶다. 세잔은 움직이지 않는 정물화를 주로 그렸는데 그 이유는 세잔은 사물에 본질적으로 변하지 않는 구조가 있다고 믿었고 그것을 구현하려 사과 같은 움직이지 않는 정물을 사용해 실험했기 때문이다. 그 구조를 탐구하는 데에는 오랜 시간이 걸렸으므로 세잔은 쉽게 상하지 않는 과일을 선호했다. 그럼에도 불구하고 과일들은 세잔의 고뇌의 시간 앞에서 서서히 상해갔다. 하지만 세잔은 결국 밀랍 모형 과일을 동원해서라도 사물의 근본을 탐구하는 데 일생을 바쳤다고 한다.

그렇게 완성된 그림은 정물 자체로 존재하는 듯이 보인다. 세잔이 동경한 사물은 본질을 찾은 것처럼 완벽해 보인다. 하지만 그림만으로는 그림에 보이는 사과의 뒤가 썩어서 큰 구멍이 나 있을지 알 수 없다. 그림을 그린 과정을 보기 전까지는 사과 한 개를 두고 그렸는지, 몇 개가 썩어서 벌레를 유혹해 화가를 방해하는지 알 수 없다는 얘기다.

가끔 사람들은 이렇게 상상의 세계에 갇혀 그림의 2차원적인 면만 보듯이 어떤 상황의 한 가지 면만을 본다. 들춰보기 전까지 모르는 것을 상상해서 생각을 고이게 만들고 썩을 때까지 가둬둔다. 시간이 갈수록 결국 마음속에 어떤 생각이 생기든 생기는 즉시 썩기 시작하며 악취는 코를 찌른다. 그 굴레에서 빠져나오려면 생각들을 고이게 하여 썩게 만드는 나만의 세계를 깨버려야 하는데 그것이 쉬운 일이 아니다.

세잔이 사과를 그리는 과정을 눈으로 보기까지는 몇 개의 사과가 썩어버렸는지 알 수 없다. 이처럼 우리도 어떤 일을 대할 때 자신의 부정적인 생각과 잣대로만 판단해 버린다면 고여 썩어버린 생각에서 나오는 악취는 우리의 세계 안을 가득 채운다. 그렇게 된다면 옆에서 누군가 말하는 아무런 소리도 들리지 않고 틈 밖의 세상을 볼 수도 없는 상황에 이르러 그 세계에서 생을 마감할지 모른다.

그러니 자기 세계에 갇히지 말자. 자기의 시선으로만 상황을 대하지 말자. 생각을 고이게 하는 벽을 깨어내고 사방으로 세상을 보자. 세잔이 보고 그렸던 사과를 직접 보기 전까지는 세잔의 그림의 사과가 썩었는지 모르는 것처럼 우리가 직접 내 귀로 듣고 눈으로 보기 전까지의 일은 아직 모르는 거니까. 그러지 않았다면 굳이 생각을 썩힐 필요가 있을까?

나에게 마스크 줄이란

 내 중학교는 정말 아담했다. 전교생은 50명 남짓이고 우리 학년은 하필 9명이었던, 하지만 그로 인해 향수가 더 오랫동안 머물렀던 그런 학교였다. 그래서인지 더 진한 향수가 남았다.

 중학교 향수의 중심에는 중학교의 향기를 잔뜩 머금고 있던 마스크 줄이 있었다. 마스크 줄은 중학교 3학년 미술 시간에 풋사과의 색깔이 도는 연두색 실을 가지고 손으로 한땀 한땀 꼬아 만들었던 것이었다. 난 그것을 완성한 시간부터 항상 마스크를 그 줄에 걸고 다녔다. 처음에는 별 의미가 없었던 것으로 기억한다. 단지 노력해 만들었는데 쓰지 않으면 아깝지 않겠냐는 생각이었다. 그때 친구는 내가 그것을 목에서 떼어놓질 않는 것을 보고 언제까지 쓰고 다닐 거냐며 투덜댔다.

고등학교에 올라오기까지, 올라와서도 한동안 그 마스크 줄을 착용했다. 어느 날 본 그 마스크 줄은 마스크 거는 곳의 도금이 도금 따위 없었던 것처럼 말끔히 벗겨져 있었고 따가웠던 목 부분의 실은 어느새 목과의 싸움에서 져버렸는지 부드럽게 길들여져 있었다. 그때쯤에 그 마스크 줄의 의미는 처음과는 확연히 달라져 있었다. 비록 난 고등학생이 되었지만, 세월이 흘러 다 해져버린 마스크 줄은 유일하게 중학생 시절 향수가 있었다. 그 향수는 나를 감싸주며 어두운 정글 같다고 느껴지던 고등학교의 낯선 환경으로부터 나를 보호해주는 역할을 했다.

내가 마스크 줄의 보호막을 알을 깨듯 벗어나 고등학교에 익숙해져 갈 때쯤 몇 명의 친구들은 이렇게 말했다. "멀리서 봐도 마스크 줄만 보면 너인 줄 알겠어.", "더러워졌는데 언제까지 쓸 거야?" 지금도 그렇지만 누군가의 관심을 어려워 했던 나는 이 말들을 듣고 생각했다. '단지 마스크 줄 때문에 관심을 받는 것은 아니었을까.', '그 정도로 더러워 보이나.'라고 생각했다. 내 보호막, 나를 감쌌던 중학교의 향수는 생각보다 더 빨리 소멸되었다.

그 이후로 나는 친구들과 똑같이 생각했는지는 모르겠지만, 마스크 줄을 쓰는 횟수가 현저히 줄어들었다. 언젠가부터 난 그 마스크 줄을 쓰지 않았다. 어쩌면 내 주변에 마스크 줄이 별로란 사람만 있었기 때문에 일어난 편향된 결과가 아니었을까. 사람들은 다양한 생각을 한다. 내 주위 없었지만 분명 그 마스크 줄이 괜찮다고 생각하는 사람이 있을지도 모르니까.

내가 마스크 줄을 쓰지 않게 된 것은 친구들이 마스크 줄에 대해 내놓은 편향을 인지함으로부터 시작되었다. 인지하기 전까지는 오히려 자랑스럽다고까지 생각했을지 모를 마스크 줄에 대한 태도를 편향을 인지하고 받아들임으로써 한순간에 바꾸어 버린 것이다. 이렇듯 편향이 좋은 방향으로 작용할지 나쁜 방향으로 작용할지는 모르지만, 편향을 인지하는 순간 무언가 달라진다는 것은 장담할 수 있을 것 같다.

나 자신과 함께 세상을 살아가기

스스로 오해했던 경험을 나누고자 한다. 난 내 장점을 단점으로 바꾸는 못난 사람이라 생각했고 노력은 절대 안 하면서 결과만 높게 바란다고 생각했다. 욕심이 많아 원하는 건 뭐든지 갖고 싶어 하고 자랑하는 것을 좋아하며 집중력도 많이 떨어지고 오래 앉아 있지도 못한다. 사람을 좋아하지만 잘 믿지 못하고 거짓말과 의심이 많다. 먹는 것을 너무 좋아하고 많이 먹고 편식이 심하다. 옛날에 내가 나를 오해해왔던 사실들이다.

편향된 시선으로 바라본 탓일까. 그때는 나에 대한 자존감이 많이 떨어져 있었다. 항상 나 자신을 더 좋고 나은 사람으로 보고 싶어도 그게 잘 안됐다. 그렇지만 계속 저렇게 생각하며 살아가는 내가 너무 한심했다. 나은 사람이 되고 싶지만, 방법을 몰랐고 설사 알더라도 시도해볼 용기조차 나지 않아서 '어떻게?'라는 질문만 마음속에 늘 존재했다.

나를 오해했던 이유는 나에 대한 믿음이 없던 탓이다. 이대로 단점만 가득한 사람으론 살기 싫어서 차근차근 오해를 하나씩 풀어나갔다. 사실 노력하기 위해 목표를 높게 설정하는 것이다. 능력 있는 사람이 되고 싶어서 욕심이 많았고 사람을 좋아하기에 말이 많았다. 이렇게 좋은 방향으로 생각을 전환했다.

오해하며 사는 건 너무 버겁다. 쌓일수록 긍정적인 생각을 할 수 없을 만큼 감당하기 힘들다. 하지만 이젠 억지로 밀어붙인 나의 긍정적인 생각들이 이제는 나에게 당연시되는 사실이다. 고작 좀 더 나은 사람이 되기 위해 노력했을 뿐인데 나는 어느새 단단해져 있었다.

瘢痕 : 반흔

_임윤(林崙)

한 아이가 있었다.
유난히 책 읽는 걸 좋아해서
친구 집에 놀러 가서도 책만 읽던 아이였다.

그 아이가 자라서 학교에 갔다.

열세 살, 친구들이 아이를 괴롭혔다.
'친구'라고 생각했던 그들은
아이를 나락으로 이끌었다.

그 아이는 당황했다.
전까지는 괜찮았는데.

그들은 아이를 희생양 삼았다.
그들은 전학생들이었고,
자신들의 권력에 대한 희생양으로서 아이는
괜찮은 본보기였다.

아이는 언젠가 지나갈 것을 믿고 있었다.
하지만 당장은 아니었다.

그들은
아이의 하얀 가방을
먼지 덩어리로 만들었다.
아이는 견뎠다.
조용히 있으면 지나갈 거라고, 아무도 모를 거라고.
하지만 터져 나오는 눈물은 아이가 멈출 수 없었다.

그들은 아이를 이렇게 불렀다.
'책에만 빠져서, 망상만 하는 바보'
만들어진 편견에 망가지는 건, 아이에게는 불가항력이었다.

비난 본능

비난 본능은 사람들이 왜 안 좋은 일이 일어났는지에 대해 명확하고 단순한 이유를 찾으려는 본능을 말한다. 이것은 현대 마녀사냥의 원인이기도 하다.

비난 본능은 진실을 찾아내는 능력, 사실에 근거해 세계를 바라보는 능력을 방해한다. 그러다 보면 문제를 해결하거나 재발을 방지하는 능력도 줄어든다.

누군가를 손가락질하기만 간히면 좀 더 복잡한 진실을 보려 하지 않고, 우리 힘을 적절한 곳에 집중하지 못하기 때문이다.

예를 들어 항공기가 추락했을 때 잠깐 졸았던 기장만 탓하면 재발 방지에 도움이 되지 않는다. 기장이 왜 졸았는지, 앞으로 졸지 않으려면 어떤 규제가 필요한지 물어야 한다. 왜 기장이 졸았는지 알아내느라 다른 생각을 하지 않는다면 발전은 없다. 세계의 중요한 문제를 이해하려면 개인에게 죄를 추궁하기보다 시스템에 주목해야 할 때가 많다.

개인이나 집단을 문제의 원인으로 지목해 비난할 생각을 버려야 한다. 나쁜 사람을 찾아내면 더 이상 고민할 필요가 없게 되는 것은 사실이지만, 우리 주변의 문제는 대부분 그보다 훨씬 복잡하다. 여러 원인이 얽힌 시스템이 문제일 때가 대부분이기 때문이다. 세계를 정말로 바꾸고 싶다면 누군가를 원인으로 지목하겠다는 생각을 버리고, 세계가 어떻게 돌아가는지부터 이해해야 한다.

《팩트풀니스》의 저자는 이런 말을 남겼다.

'세계를 정말로 바꾸고 싶다면, 세계를 이해해야지 비난 본능에 좌우되어서는 안 된다.'

세상의 아름다움을 보는 법

제이

　무언가의 반대편을 보려고 노력한 적이 있으신가요? 사람들은 흔히 자신을 기준으로 보는 그 한 면이 사실이고 모든 것을 설명한다고 생각합니다. 과거에 달의 한쪽 면만 보던 사람들처럼요. 소크라테스는 자신의 무지를 알라고 말합니다. 아는 것이 하나도 없음을 의미하는 것이 아닌 어떤 분야에서는 자신이 무지할 수 있음을 자각하라는 의미입니다. 한쪽 면만 보는 사람들에게 그게 다가 아니라고 제한된 그 시선이 잘못됐다고 말하는 것은 무식하다는 소리가 아닙니다. 한쪽만 보기보다 숨겨진 반대쪽에 대해서도 생각해보라는 말입니다.

꽤 많은 사람은 이미 알고 있을지도 모릅니다. 시선을 넓게 가져야 한다는 걸, 내가 보는 게 다가 아닐 수 있다는 걸. 하지만 사람들은 자신이 보는 시야에 국한되어 세상을 바라볼 수밖에 없습니다. 예를 들어 당신이 길을 걸어가고 있다고 가정해봅시다. 한 편의점을 지나치고 있는데 누가 봐도 미성년자로 보이는 학생이 담배를 사서 나갔습니다. 그때 당신은 어떤 생각을 할까요? 보통은 미성년자가 해서는 안 될 행동을 했다고 생각할 것입니다. 그 순간에 그 학생의 숨겨진 사정을 궁금해하는 사람이 몇이나 될까요? 그 학생은 심부름을 당하는 학교 폭력의 피해자일 수도, 술 취한 아버지의 명령에 저항하지 못하는 가정 학대의 피해자일 수도 있습니다.

또 다른 예시를 들어볼까요? 당신은 고등학생입니다. 당신의 짝꿍은 수업 시간마다 엎드려 잠을 잡니다. 그때 당신은 어떻게 생각할까요? 아무런 생각이 없을 수도 있지만 공부가 중요한 시기에 매일 자기만 하는 짝꿍이 한심해 보일 수도 있습니다. 하지만 개인 사정으로 학비를 스스로 벌어야 하기에 새벽부터 아르바이트하며 생계를 유지하는 그 누구보다 책임감 있는 학생일 수도 있지요.

이렇듯 우리는 우리가 보는 그 한 면만을 보고 판단하며 다른 면이 있는지조차 고려하지 않은 상황을 많이 지나쳐왔을 것입니다. 그렇게 지나간 일들은 사실 기억조차 잘 남지 않는 일들이 더 많습니다. 우리의 삶에 그렇게 큰 영향을 주지도 않고요. 과거의 한 시점에 치우친 생각을 가지고 잘못된 판단을 한 상황이 있었을 테지만 자기 자신을 보세요. 과거를 잊어버렸다고 사는 데 문제가 되었나요? 대개는 그렇지 않을 겁니다.

　누군가는 이렇게 생각할지도 모릅니다. '기억에도 잘 남지 않고 나한테 큰 영향을 끼치는 것도 아닌데 한쪽 면만 보는 것이 문제가 되는 걸까?'라고요. 틀린 생각은 아닙니다. 위에 든 예시 속에서 당신이 담배를 산 학생과 잠만 자던 짝꿍의 숨겨진 뒷면을 생각했다 해도 크게 달라지는 것은 없었을 겁니다. 이렇게 일상의 사소한 일들만 본다면 오히려 숨겨진 사실을 알아내는 과정이 귀찮고 의미 없는 일이 될지도 모릅니다. 하지만 당신이 살아가면서 마주치는 수많은 일 중엔 한 방향으로만 생각해서 불이익을 얻고 모든 방향으로 생각해서 이익을 얻는 상황들이 반드시 있을 것입니다. 보통 이런 상황은 우리에게 중요하고 큰 영향을 끼치게 될 상황일 겁니다. 이런 상황에선 넓은 시야를 가져야겠죠. 그렇다면 누군가는 이렇게 생각할지도 모릅니다. '그러면 중요한 상황에서만 깊게 생각하고 넓게 보면 되는 거 아니야?' 라고요. 사실 할 수만 있다면 중요한 상황에서, 필요한 상황에서만 양면을 보려고 하는 것이 항상 양면을 보려고 노력하는 것보다 효율적일 수 있습니다. 하지만 사람이 생각하는 방식은 우리의 생각보다 훨씬 견고하고 잘 바뀌지 않습니다.

　혹시 '프레임'에 대해 들어보신 적이 있으신가요? 아마 꽤 많은 분이 들어봤을 겁니다. 프레임이란 사람이 어떤 대상이나 사건을 해석하는 방식을 의미합니다. 우리는 프레임을 가지고 세상을 살아가고 프레임을 토대로 다양한 생각을 합니다. 그 생각이 참일 수도 있고 거짓일 수도 있고 명제가 성립하지 않을 수도 있지만, 그것과는 관계없이 그 해석을 사실인 것으로 믿고 살아간다는 것입니다. 즉, 프레임은 개인의 세상을 이해하는 방식일 뿐 객관적 사실과는 무관하다는 것이죠.

프레임 속에서 사는 우리가 과연 그곳에서 쉽게 빠져나올 수 있을까요? 단편적으로 생각하다가 갑자기 입체적으로 생각하려 한다면 그게 과연 쉬울까요? 당신에게 동물을 떠올리라고 말한 뒤 "코끼리는 생각하지 마세요."라고 말한다면 코끼리를 떠올리지 않을 수 있을까요? 아무리 애를 써도 코끼리가 머릿속에 떠오를 겁니다. 코끼리를 생각하지 않으려면 먼저 코끼리를 떠올려야 하기 때문이죠.

빠져나오려고 하면 할수록 프레임은 당신을 더 조여들 것입니다. 그렇다고 프레임에서 빠져나오려고 노력하지 말라는 소리가 아닙니다. 당신이 그 프레임 속에서 편안히 자리를 잡는다면 프레임은 더 두껍고 단단해질 것입니다. 나중에 빠져나가려 시도해도 소용없을 정도로요.

그럼 우리는 어떻게 해야 할까요? 이러지도 못하고 저러지도 못하고 그저 어정쩡하게 있어야 할까요? 아니요. 우리는 프레임에서 벗어나기 위해 노력해야 합니다. 우리는 있는 그대로의 세상을 봐야 하니까요. 물론 쉽지 않겠죠. 노력했다 실패하면 프레임은 더 조여들겠죠. 하지만 조여들기만 할 뿐 더 단단해지거나 두꺼워지지 않습니다. 그저 조여든 것뿐이에요. 계속해서 벗어나려 안간힘을 쓰다 보면 언젠가는 프레임이 끊어지는 날이 올 거예요. 그제야 우리는 있는 그대로의 아름다운 세상을 볼 수 있을 겁니다. 우리는 그날을 바라보며 살아야 합니다.

프레임에서 벗어나야 한다고만 생각하면 막막하지 않으신가요? 철학자 데카르트는 사람이 실수를 피할 수 없는 원인은 바로 평소에 옳다고 믿었던 잘못된 지식 탓이라고 말합니다. 즉, 잘못된 지식을 사용해 사고하면 추론에 오류가 없었어도 잘못된 결론을 끌어낸다는 말이죠. 우리는 여기서 잘못된 지식은 프레임이며 실수(잘못된 결론)는 단편적인 생각과 대응시킬 수 있습니다.

데카르트는 이런 생각을 바탕으로 자신이 믿고 있는 모든 것을 전면적으로 의심했습니다. 그리고 의심스러운 지식을 모조리 버리고 새로운 지식을 구축하려 했습니다. 데카르트는 이렇게 말합니다. "인생의 진리를 추구하려면 자신이 믿고 있는 모든 것을 적어도 한 번은 의심할 필요가 있다." 우리도 데카르트처럼 우리가 보고 듣고 느끼는 것에 의구심을 가져 보는 건 어떨까요? 데카르트는 인생의 진리를 추구하기 위해서였지만 우리는 아름다운 세상을 보기 위해서요. 한 번뿐인 인생인데 세상의 아름다움 정도는 느껴보고 가는 게 좋지 않겠어요? 세상을 겹겹이 싼 껍질을 벗겨내고 파란 하늘을 보며 아름다움과 동화되는 그 날을 고대합니다.

인정

; 자신의 인정(認定)과 타인의 인정(人停)

ep.0 사람은 보고 싶은 것만 본다

...그렇게 거대한 채는 만들어졌다. 나를 보호하기 위해 만들어진 그것은 잠재력을 걸러내는 수단으로 모습을 바꾼다. 사람들은 이를 '확증 편향'이라고 부른다. 받아들이기로 정해진 것이 존재하므로 더 이상 나는 생각할 수 없다. 다만 확인받길 원한다.

그저 그렇게 한 곳으로만 걸어가는 세상에서 가장 나약한 존재가 만들어졌을 뿐이다.

ep.1 어리눅은 이 자는 타인의 인정을 바라

바라고 또 바란다. 인정은 곧 행복감을 지키는 요새를 만들어 그를 존재하게 하는 유일한 안식이었으므로.

Epilogue

미궁(迷宮)

그는 참으로 모순적이지 않은가. 타인의 인정을 바랐기에 또다시 세계를 가둔다. 자신의 행동에 정당성을 부여하기 위한 명목이라는 요새를, 명목을 위해 또 다른 '인정'이라는 이름의 미궁을 만들어 냈다. 종착지는 요새가 아닌 미궁, 인정받기 위해 그는 자신을 죽였다. 그는 그의 요새가 바랜 지 이미 오래라는 사실을 알지 못했다.

ep.2 풀어낸 실은 점점 꼬여가기만 하고

더 많이 알게 될수록 더욱더 무지해질지어니. 우습고도 우습다. 정당성을 부여하기 위해, 인정받기 위해, 자존심을 지키기 위해 더 많이 생각하고, 더 많이 보았지만 정작 그가 얻는 결론과 깨달음은 그의 노력에 반비례했다. 그에겐 요새가 없다.

ep.3 그들에겐 실조차도 없었으므로

그렇게 미궁에 모인 그들은 인정받기 위해, 자신을 지키기 위해 또다시 정당성을 부여하기 시작했다. 그러나 결국 자신의 그 무엇 하나 지킬 수 없었음에 무력감을 느낀다.

ep.4 그들이 미궁을 만들어 내는 과정

무력감을 느끼게 된 그들은 타인과 비교하기 시작한다. 비교를 통해 만족감을 얻고 또 절망에 빠지길 반복하는 그들은 스스로 세상에서 가장 무력한 존재가 되었다. 스스로 선택할 수 없는 그들에게 주어진 삶은 그들의 삶이었으나 그 주인은 그들이 아니었다.

인정받기 위해. 스스로 정당성을 부여하려 그들은 주체성을 잃어갔다. 더 이상 무엇을 정당화하기 위함이었는지, 자신이 무엇을 위해 정당성을 부여하기 시작했는지도 기억나지 않지만, 그저 그 공허감을 채우기 위해 다시 가능성을 재단하기 시작한다.

타인의 인정은 결국 나를 그치게 만드는 감옥이었음을, 미궁이라는 형태의 삶을 빼앗아 가는 단두대였음을 서서히 메말라가는 그들은 알지 못한다.

Prologue 미궁의 설계자

자신을 인정하는 이들에게 인정을 '받기' 위해 당신은 평생을 바친다. 세상을 살아가는 두 부류의 사람들은 잠재력을 품고 자라난다. 당신은 세계를 재단할 것인가, 당신의 세계를 재단할 것인가.

중도주의를 향한 불만

조유란

우리에게는 때때로 확실한 자기 주관을 가지고 말해야 하는 상황이 온다. 그런데 자기방어를 위해 습관처럼 언제나, 심지어 위와 같은 상황에서도 맹탕 같은 의견을 내놓는 사람들이 많다. "~인 거 같다", "아마도", "~한 건 아니야." 등 어중간한 언어 표현을 사용하는 것이 대표적이다. 나는 이게 어느 한쪽에 치우치는 것, 즉 편향을 무조건 두려워하는 성향 때문이라고 생각한다.

사람의 생각은 어떤 방식으로든 편향을 띨 수밖에 없다. 생각과 사회가 모두 제각각으로 구체적인 인간에게 스스로 형성하는 객관이란 애초에 말이 안 되는 것이다. 객관이라는 것은 결국 많은 개인의 주관이기 때문이다.

자기 생각이 앞서 말한 객관과 많이 겹치는 사람은, 본인이 항상 타당한 논리를 가지고 있으며 많은 경우에 그것만이 옳다고 느끼기 쉽다. 비슷한 사상을 가진 이들의 집단에 오래 머무는 사람들도 마찬가지이다. 심지어 그들은 대다수 의견에 반하는 소수에게 관대하지 못하다. 다른 의견을 밑도 끝도 없이 비난한다든지 말이다.

이런 이유로 자기 의견을 말하는 것에 상당한 두려움을 가진 사람들이 많은데, 잔인하게도 어떤 것을 보고 판단하여 자기 생각을 공유해야 하는 상황은 쉴 틈 없이 찾아온다. 그때마다 매번 최대한의 객관성을 발휘하려 노력하는 것은 개인에게 너무 큰 부담이 된다. 따라서 우리는 우리의 편향을 인정하며 조금은 당당해질 필요가 있다. 설령 그 편향이 잘못된 것 일지라도 일단 입 밖으로 꺼내 봐야 오류를 깨닫기 쉬운 경우가 많다. 오히려 잘못된 편향일수록 이런 식으로 빨리 인식하고 개선해야 한다.

남에게 미움을 산다는 것은 분명 누구에게나 탐탁지 않은 일이고, 때로는 타인의 시선이나 나를 향해 쏟아질지 모르는 날카로운 말들이 숨 막히도록 걱정되기도 한다. 오죽하면 2014년도에 출판된 '미움받을 용기'라는 제목의 책이 엄청난 베스트셀러가 되었을까. 나도 다른 사람의 감정에 예민하게 반응하는 사람으로서 중도로 도망치고 싶은 그 마음을 충분히 이해한다. 그러나 줏대 없이 흐리기만 한 중도주의를 자신의 방패로 사용하려는 생각은, 미안하지만 한 번 뜯어고칠 필요가 있다. 치우침을 무서워하지 말자. 넓은 의미로 받아들이면 편향은 개별적인 생각으로 인간만이 두드러지게 가지는 가치 있는 특성이기도 하다.

지금은 사라져버린 정의를 아는가

최진우

역사란 승리자에 의하여 기록된다. 그 시대를 직접 살아본 경험이 있지 않을 경우 그 시대에 일어났던 정확한 사건을 그 누구도 알지 못한다. 직접 경험한 사건이라 할지라도 그 사건을 경험한 개인별로 사건에 대한 생각은 모두 다를 것이다. 그렇다면 이 사건은 어떻게 기억되는가? 바로 기록이다. 기록은 후대에 의하여 만들어진 기억의 파편이다. 즉 승리자에 의해 써 내려진 어쩌면 한 측에게만 유리하게 작용할지도 모르는 문서의 형태. 이 문서가 모이고 또 모여 역사가 된다.

어둠이 있으면 빛이 있고 악이 있으면 항상 정의는 존재한다. 이 사상은 우리에게 뿌리 깊이 녹아있으며 그 증거로 현대까지 악당과 정의의 용사 이야기는 다양한 형상으로 전 세계에 걸쳐 나타나고 있으며 어쩌면 지금도 만들어지고 있을지도 모른다. 정의는 항상 승리한다. 정의의 편은 항상 소중한 누군가를 잃음에도 이를 극복하고 정의와 사랑의 힘으로 악을 끝내 쓰러트린다. 누구나 바라고 수도 없이 접해왔던 흔하디흔한 이 이야기는 이제는 보편적인 통념이 되었다.

세상은 문학 매체를 보거나 사회 이슈를 살펴볼 때마저 악당은 고통받는 것이 정당화되지만 정의가 고통받으며 마치 제 일인 것처럼 아파하는 모습을 보인다. 그렇다면 정의와 악을 구분 짓는 기준은 무엇일까? 우리가 악이라 규정하는 사회의 입장은 오히려 자신들의 신념과 행동이 정의이며 이를 방해하는 정의가 악으로 받아들여지지 않을까?

정의란 무엇인가? 그 견해는 예로부터 논의되어왔고 앞으로도 계속해서 논쟁이 될 주제다. '정의는 승리자의 입장이다.'라고 생각한다. 당시 시대가 생각하는 정의가 패배한다면 역사의 쓰임에 의하여 해당 정의는 악으로 규정되고 악이라고 생각했던 신념이 정의로 남을 것이다. 이는 반대의 경우도 마찬가지다. 그럼에도 우리는 섣불리 악과 정의를 규정하며 내 생각이 마치 어디에서든 통용된다는 착각 속에 유치한 편 가르기를 하고 있다.

편 가르기라는 행위는 우리의 역사와 함께하여온 어떻게 보면 지금의 발전을 일으킨 긍정적인 행위일 수도 어떻게 보면 사회 갈등을 생산하는 부정적인 행위일 수도 있다. 어떤 사건, 어떤 행위이건 해당 시점에서의 승리자의 입장에 따라 그 태도는 정의가 될 수도 혹은 악이 될 수도 있다. 이는 현재의 사회에서도 그 양상을 들어내고 있다. 남녀갈등, 우크라이나와 러시아의 전쟁, 국내에서 발생하는 여러 범죄와 사건들이 모든 사건의 당사자들은 저마다의 신념에 따라 옳다고 생각하는 정의를 수호하고자 움직이며 이로 인해 갈등이 발생한다.

'로마에 가면 로마법을 따르라' 누구나 한 번쯤은 들어봤을 법한 구절이다. 자신의 나라에서는 악이라 칭해지는 행위가 로마에서는 선이라 칭해진다면 그 행위는 로마에서는 정의로 규정된다. 값비싼 고급음식으로 치부되는 소고기를 만약 이슬람 신자에게 대접한다면 그 행위는 악인가? 정의인가? 여기서 말하고 싶은 것은 악이거나 정의이거나 그 해석에 따라 달라질 수 있다는 것이다. 손님에게 좋은 음식을 대접하고자 한마음은 정의이지만 이슬람 신자의 처지에서는 신성한 소를 대접하는 주인의 행동은 악이다.

사회는 같은 생각을 하는 사람들이 모여 형성된 집단이다. 그렇기에 초기 사회에서는 구성원 모두가 생각하는 통념이 정의로 규정되며 이에 반하는 내용은 악으로 규정되어 배척된다. 정의를 수호하기 위해 근대국가에 이르러서는 정의를 법으로써 규정하며 법치주의를 지향하며 사회를 유지하고 있다. 초기 국가의 구성원들은 같은 생각하는 사람들이 모였기에 모두가 승리자의 관점에서 역사가 만들어지고 정의가 성립된다. 허나 그 후지 기수들은 이미 만들어진 정의를 선택의 조건 없이 그저 받아들여야 하는 상황이다.

과연 이들은 이미 만들어진 정의를 정의라 생각할까? 당장 자신에게 질문하여보자. 당신은 국가의 정의가 정의롭다고 생각하는가? 이 질문에 완전히 동의하는 사람은 손에 꼽을 것이다. 그렇기에 정의는 앞으로도 계속해서 변화하고 또 변할 것이다. 과거에 정의가 현재는 악으로 변모했을 수도 있는 지금의 정의는 미래에 악으로 변모할지는 미래의 승리자만이 알고 있을 테다.

정의라 일컬어지는 행위는 결국 관점의 차이라고 설명된다. 즉 다시 말해 당신이 지금 행하는 그 행위가 결코 모두에게 정의롭지 않으며 당신이 악이라 규정한 그 행위가 누군가에겐 정의로울 수 있다. 결코 완벽한 정의는 존재하지 않기에 우리는 어떤 현상과 행위를 접할 때 자신의 정의만을 고집하지 않고 모든 입장에서 고려해볼 의무를 부여받는다. 모두의 관점에서 세상을 바라볼 때 비로소 모두에게 정의로운 세상이 완성되지 않을까?

'당신은 지금은 사라져버린 정의를 아는가?'

진실과 진심이 어긋나는 경계

여러분 안녕? 내가 제일 좋아하는 친구 별님을 소개해 줄게요!
어두운 밤이 오면 내 방 창문에 어김없이 찾아오는 우리 별님.
구름이 낄 때나 안개가 자욱할 때에는 보이지 않을 때도 있어요.
없어진 것이 아니에요, 보이지 않을 뿐이죠. 무슨 일이 있어도 저
기 저 하늘엔 우리 별님이 있을 거라고 우리 아빠가 그러셨어요.

나는 매일 밤 잠을 자기 전에 별님께 오늘 하루 있었던 일들을 이
야기해요.
"별님, 별님, 오늘 하루는요, 즐거운 하루였어요!"
그다음 날에도,
"별님, 별님, 오늘 하루는요, 화가 나는 하루였어요."
또 그다음 날에도,
"별님, 별님, 오늘 하루는요, 슬픈 하루였어요.."
또 또 그다음 날에도.
"별님, 별님, 오늘 하루는요.."

그러다 가끔은 별님이 편지를 보내올 때도 있어요.

그거 알아요? 우리 별님 글씨는 우리 엄마 글씨처럼 무척이나 예쁘답니다.

오늘 밤에도 별님이랑 인사를 나눌 거예요.

특별히! 내 옆에서 이야기를 들을 수 있게 해줄게요.

"별님, 별님, 오늘 하루는요, 아주 기쁜 날이었어요.

부모님이 식물을 들고 오셨는데 꽃도 있고, 풀도 있고, 선인장도 있고, 작은 나무도 있고.. 엄청 많아요! 식물은 물을 좋아하니까 물을 듬뿍 주면 무럭무럭 자라겠지요? 어서 쑥쑥 크면 좋겠어요!

이만 자도록 할게요. 잘 자요, 별님."

그 뒤, 저는 식물들에게 매일같이 물을 주고 건강하게 자라달라고 얘기도 했어요.

그렇지만.. 뭔가 이상했어요. 선인장이 자꾸만 시들거려요.

오늘 밤, 별님께 한 번 이야기를 해보아야겠어요.

"별님, 별님, 오늘 하루는요, 속상한 하루였어요. 분명 물을 열심히 줬는데 선인장이 요즘 계속 아파요. 무슨 일 때문일까요? 잘 커달라는 제 마음이 전해지지 않은 걸까요? 햇볕도 많이 쬐여주고, 물도 많이 주고, 매일매일 좋은 말도 해 줬는데 왜 그러는 걸까요? 너무 걱정돼서 잠이 잘 오지 않아요. 내일이면 괜찮아질까요? 좋은 밤 되세요, 별님.."

여러분 안녕? 새로운 아침이 밝아왔어요.
어? 저기 창가에 편지가 놓여있네요?
분명 우리 별님이 보낸 편지일 거예요!
같이 읽어 볼래요?

[저런.. 그런 일이 있었구나. 괜찮아, 괜찮아. 살다 보면 실수를 하기
도 한단다. 선인장은 아주 조금의 물만 먹는단다. 네 마음과 정성이 부
족했던 게 아니야. 그저 다른 식물들과 달랐을 뿐이고, 너는 그걸 몰랐
을 뿐이란다. 인간관계에서도 이런 일은 일어나지. 본인이 무심결에 한
행동이, 혹은 신경 써서 했던 행동이 다른 누군가에게는 상처가 될 수
도 있단다. 이제라도 알게 되었으니 다행이지. 자신이 다른 이들에게
남긴 상처를 모르고 지나치는 경우도 많으니 말이다. 이번 일로 배움
이 있었으면 좋겠구나. 너의 진심이, 진실의 경계와 포개어지는 데에
좀 더 다가간 거야. 다음번에는 이런 일이 없도록 앞으로 더 주의하면
되는 거지. 오늘 밤부터는 마음 놓고 편히 자려무나.]

역시 우리 별님의 편지였어요!
별님이 살다 보면 실수를 하기도 하는 거래요.
내가 무심코 한 행동이 누군가에겐 아픔이 될 수도 있다는 것, 그
리고 내가 아는 것이 전부가 아니라는 것. 이 두 가지를 배웠네요.
역시 우리 별님이 세상에서 제일 똑똑해요.
고마워요, 별님. 오늘 밤 다시 만나요.

4장

애매함과 아름다움 사이

꼭 필요할 때 위로

"가끔씩 사는 게 별거 아닌 것 같다는 생각이 들어."
"누군들."

 오늘따라 H의 내리깐 눈이 미워 보였다. 그는 항상 옳은 말만
해서 문제였다. 아니, 그에게는 옳았을지 몰라도 나에게는 옳은 이
야기가 아니었다. 정답이 정해져 있는 것들과는 달리, 사람의 행동
에는 정답과 오답을 판단할 수 없었으므로 각자 원하는 대로 살아
가는 것이었지만, 어찌 되었든 H의 행동은 내가 원하는 바가 아니
었다. 처음부터 그에 대해 불만을 가졌던 것은 아니었으나, 시간이
지나갈수록 나의 마음속 무언가가 점차 곪아가는 것 같은 느낌이
들었다. 위로, 그 위로가 그렇게 어려운 일이었을까. 사전적 언어
그대로 '따뜻한 말이나 행동으로 괴로움을 덜어 주거나 슬픔을 달
래 주는 행동'이 그에게는 그렇게 어려웠던 일이었을까. 자꾸만 야
속한 생각이 들었으나, 이런 생각이 든다는 것 자체부터 마음에 들
지 않았다. 그는 항상 나에게든, 세상에게든 헌신적인 사람이었고
(그것은 결코 쉬운 일이 아니라는 것을 나는 알고 있다), 이해타산
과는 거리가 먼 사람이었다. H가 겉으로는 저렇게 보여도 속으로

는 많은 것에 관심을 쏟고 있으리라는 것을 나는 알고 있었다. 하지만 어떤 미사여구와 수식언을 붙이든 간에, 사람의 감정은 어쩔 수 없었다. 항상 이성적으로 생각하려고 해도 내 감정은 자꾸 삐뚤어졌고, 이는 그에 대한 뾰족한 말로까지 이어졌다.

"위로 한 번이 그렇게 어려워?"

나는 말을 뱉고 후회했다. 그가 나에게 하는 모든 행동이 위로라는 것은 나도 알고 있었다. 위로라는 것의 정의도 사람마다 다른 만큼, 그에게 있어서의 위로도 나에게 있어서의 위로와는 다를 터였다. 그런 투박한 것이 그의 성격이라는 것도, 그의 최선이라는 것도 나는 알았다. 알면서 하는 소리였다.

사실 이런 대화도 처음은 아니었다. 내가 이렇게 말한다면 그는 금방 '너는 그런 오그라드는 거 싫어하잖아.'라며 맞받아칠 것이었다. 이도 어느 정도는 맞는 말이었으므로, 그가 이렇게 나오면 나는 할 말이 없었다. 그와 나는 서로가 서로를 너무 잘 알았다.

그런데 오늘은 뭔가 다른 느낌이 들었다. 그는 뭔가 내 앞에서 머뭇거리는 것 같았다. 고민하는 것 같았다고나 할까, 아니면 무언가 말을 골라내는 것 같았다고나 할까. 사실 이러한 느낌이 내게 조금 더 불안함을 주는 것 같았다. 나도 참 이기적이었다. 그가 평소와 다르기를 바라면서 평소와 같기를 바랐다.

나는 H의 다음 말이 듣기 두려워 그를 뒤로하고 잠시 자리에서 일어나 한 구석의 책장으로 다가갔다. 그 책장은 내가 너무 자주

들여다보았기 때문에 그 책들의 배치를 외울 지경이었다. 그러나 그렇다고 해서 그 책장에 있는 모든 책들을 모두 다 읽은 것은 아니었다. 그냥 표지를 보는 것이 좋았다. 익숙한 책들의 배치가 나를 안정되게 했으며, 코를 찌르는 아득한 책 냄새가 좋았다. 그러다가 가끔씩 내키면 책을 꺼내 들어 읽고는 했다. 그러면 표지만 봐오던 내 기대에 미치는 것도, 못 미치는 것도 있었으며, 가끔 내 기대를 넘어서는 책들을 발견하고는 했다. 그 일련의 과정들이 좋았다. 그 책장에는 가끔씩 나나 H가 책을 사 꽂아 넣기도 했는데, 그러한 미묘한 변화들에 나나 H나 그렇게 민감한 편은 아니었기에 그저 그렇게 넘어갈 뿐이었다. 그렇게 작은 변화들이 모여서 이 책장을 크게 변화시켰다. 어떻게 보면 나와 H와의 관계도 이러한 책장 같았다. 작은 변화들이 모여서 큰 변화를 만들어 냈고, 그러한 큰 변화는 항상 무언가의 변동을 불러일으켰다.

이쯤 되니 살짝 무언가 불안해졌다. 원래 이정도 쯤 시간이 지났으면, H가 내게 무슨 말이든 건네는 것이 옳았다. H라는 사람은 오랜 대화의 공백을 버티지 못하였다. 이것은 그가 언급한 것은 아니었지만, 다년간 축적되어온 내가 가진 그에 대한 데이터의 결괏값이라고 할 수 있었다. 대화할 거리가 끝나면 H는 항상 귀가하고는 했다. 신나게 무언가 이야기를 나누다가도 갑작스런 적막이 찾아오면 H는 그것을 견디지 못했다. 그렇게 되면 자연스럽게 그는 집으로 향했다. 그때 나는 그에 대한 고찰을 이어나갔다. 이러한 발견 또한 그런 그에 대한 고찰의 시간에 이루어진 것이었다.

코를 찌르던 아득한 책 냄새가 익숙해져 아무런 감각의 동요도 되지 않을 무렵, 뒤에서 '쿵'하는 소리가 들렸다. 나는 뒤돌아보지 않았다. 저 소리의 주인공이 H일듯 하여 뒤돌아보기가 꺼려졌다. 설마 그가 쓰러졌을까봐, 내 이기 탓에 그리 되었을 까봐, 그것이 두려웠다. 책 냄새 대신, 익숙해진 줄 알았던 H의 향수 냄새가 다시 나의 코를 사무치게 찌르기 시작했다. 그의 냄새는 너무 사무쳤기에 오히려 그리고 싶지 않았다.

사실 H와 만난 지도 퍽 오래되지는 않았다. 한 3년쯤. 3년이면 세월의 풍파를 맞기에 적절한 시간일 수도 있겠지만, 내가 살아온 시간에 비하면 짧은 시간이라고 볼 수도 있을 듯했다. 어찌되었든 그와 나의 첫 만남은 조그마한 대학로 연극공연에서였고, 그는 내 옆자리에 앉아있었다. 생각해 보면 그때는 많은 우연이 겹쳤던 것 같다. 그와 내가 하고많은 자리들 중에 붙어있었다는 것 또한 그러했고, 마침 그때 에어컨이 고장 났다는 점도 그러했다. 당시에 에어컨이 고장 났기에 살과 살이 쩍쩍 달라붙었고, 불쾌한 상황은 지속적으로 연출되었다. 일단 여름에 에어컨이 안 되는 밀폐된 실내에 있다는 것부터 불쾌했으므로 옆자리에 앉은 민폐 관객은 내게 더더욱 불쾌로 느껴질 수밖에 없었다. 어느 정도로 더웠느냐 하면, 무대에서 연기하는 배우들의 땀방울이 보일 정도로 더웠다고 할 수 있을 것이다. 나는 무대와 그리 가까운 자리는 아니었음에도 불구하고 그 정도였으니, 앞 열에 앉았다면 정말 더 말할 필요도 없었을 것이다. 하여튼 간에 이렇게 에어컨이 꺼지는 일은 자주 일어나는 일은 아니었지만 그렇다고 아예 일어나지 않는 일이라고는 말할 수 없었기에(오히려 에어컨보다 더한 상황도 많았다. 대학로의 극장들은 비만 오면 빗물이 샜고, 위나 옆 극장의 음악소리가 그대로 전달되었다. 따라서 나에게는 천재지변에 대한 면역이 있었다), 그 상황 자체는 문제가 아니었다. 하지만 나는 첫 만남부터 그가 별로였다. 내 팔과 자꾸 맞닿는 그의 팔이 불편했고, 감동을 많이 받았는지 그가 훌쩍거렸는데, 그 소리에 화났다. 또한 그는 키도 웬만큼 크면서 자꾸 고개를 숙였기 때문에 연극을 보는 내내 내 옆 시야에는 그의 머리통이 걸려 무대가 채 보이지 않았다. 아마 그의 뒷자리에 앉은 사람은 그의 머리 때문에 무대가 반쯤 가려져 보였을 것이다. 그에 대해 추측하건데, 연극공연이라고는 몇 번 본 적도 없는 따라서 예의도 모르는 그런 사람이 분명했다. 하지만 그는 연극공연이 끝난 후 마지막까지 자리에 앉아있었다. 그것은 으레 내가 하던 행동이었다. 한 마디로 의외였다. 대극장의 공연도 아니고, 대학로 공연은 끝나면 곧바로 사람들이 바깥으로 나가 근처 식당에서 고기라도 구워먹었기 때문에. 그와 나는 안내요원이 들어와 나가달라고 부탁할 때까지 자리에 앉아 아무도 없는 무대만 공허하게 바라봤다. 그렇게 빈 공간에서 이전에 보지 못한 무언가를 봤다. 그와 나는 무언의 대화를 나눴고, H는 홀린 듯 본인을 한현호라고 소개했다. 나는 그때부터 그를 H라고 칭했다.

사실 내가 알파벳으로 그를 칭한다는 게 무언가 이상해보일 수도 있겠지만, 그 또한 나를 J라고 불렀다. 그 이유는 간단했다. 그저 내 이름이 정말 'J'였다. 물론 '제이'는 아니고 '재이'였지만 발음상으로는 비슷하니, 아니 같으니 뭔가 이상한 점은 없을 수도 있을 것이다.

처음 만났을 무렵부터 지금까지 그는 같은 향수를 썼다. 처음에는 그의 향수 냄새가 익숙지 않았기에 신기했다. 익숙하지 않은 것은 때로 신기함의 감정으로 밀려들고는 했다. 향수에 대해 무지한 내가 맡았을 때에도 그의 향수 냄새는 가히 특이하다고 말할 만했다. 그에게서는 민트 향이 나는 것 같다가도, 시간이 지나면 달달한 머스크 향이 올라왔다. 나는 그러한 그의 향수 냄새가 뭔가 그와 닮은 것 같다는 생각을 했다. 뭔가 톡 쏘아주다가도 끝으로 가면 그에게는 달달한 면이 있었다. 하지만 여전히 코를 찌르는 시원한 냄새는 지속되었다. 어쩌면 언젠가 '그의 향수 냄새'였던 것이 내 머릿속에서 '그의 냄새'로 변모했던 것 같기도 했다. 길을 가다가 가끔씩 그와 같은 향수를 뿌리고 다니는 사람을 보면, 혹시 그가 아닐까 하는 마음에 뒤돌아보고는 했으니까.

3년 전, 그러니까 처음 만났을 무렵에는 그가 직설적인 화법을 가진 점과 옳은 말만 한다는 점이 좋았다. 이야기를 다 들어보지도 않고 '무조건 잘 될 거야'하는 식의 허황된 위로보다는 오히려 H의 방식, 그 편이 내게 위로가 되는 것 같았다. 내 등을 무작정 토닥이는 것보다는 옳은 말을 툭툭 내뱉어 내 정신을 붙잡아 주는 편이 더 나았다. 현실적인 편이 나았다. 슬픔에 공감해주는 것이 아닌, 슬픔의 원인을 짚어 주어 다시는 그러지 않도록 앓게 하는 게 더 나았다. 그것이 더 효율적이라고 생각했다. 내가 오늘을 행복하게 보내든 불행하게 보내든 간에 결국 내일은 다가오고, 오늘 내가 좌절한 상태였다면 내일도 오늘과 같이 좌절된 상태로 반복될 테니까. 인간이 생각하는 것보다 감정의 전이란 더 무서운 것 같았다. 감정의 전이는 단순히 주변사람의 영향을 받아 일어날 뿐만 아니라 어제의 나 혹은 1분 전의 나의 영향도 받았다. 나는 개인적으로 슬픔을 나누면 옆 사람도 슬퍼진다고 생각하는 주의였기에, 위와 같은 상황은 죽어도 싫었다. 오늘도 좌절, 내일도 좌절이라면 감정은 끝까지 전이될 것이었다. 즉, 끝까지 나는 불행할 것이었다. 극단적이라고 생각될 수 있겠지만, 나는 한동안 그것이 사실이라고 생각했다. 그것은(나의 우울함은) 괜히 내 주변사람들을 괴롭히는 처사밖에는 못 되었다. 하늘에 노랗게 수놓인 노을이 아름다운 이유는 하루에 딱 20분만 감상할 수 있다는 데에 있다. 하루 종일 하늘에 노을이 져있다면, 그것만큼 아른거려 불편한 일도 없을 것이다.

어쨌든 H는 나의 아른거리는 애매한 태양을 완전히 눌러 밤으로 전환시키거나, 완전히 끌어 올려 아침으로 만들었다. 그의 능력은 정말로 대단했다. 내가 아닌 그 누구라도 인정할만했다. 그래서 어떨 때는 그가 나의 안정에 목을 매는 것처럼 보일 때가 있었지만 상관없었다. 어차피 노을이 하늘에 수놓이는 시간은 하루에 단 20분밖에 안 되었다. 그가 내게 베푸는 선행은 나의 20분이라는 시간을 줄여주는 것 그 이상도 이하도 아니었다. 그도, 나도 만족하는 선행이었다.

H는 나에게 행복하냐는 말을 그리 자주 했다. 행복이란 기준이 뭔지는 잘 모르겠지만, 그래도 불행과 행복을 놓고 이분법적으로 생각하여, 행복하지 않은 것은 불행, 불행하지 않은 것은 행복이라고 친다면, 나는 가끔 행복했고, 가끔 불행했다(정확히 말하자면

나는 가끔은 불행하지 않았고, 가끔은 행복하지 않았다). 보통의 날은 누구나 그렇듯 그저 그랬다. 그런 그저 그런 날들은 불행과 행복을 구분할 수 없을 정도로 잔잔하게 흘러갔다. 보통의 사람들이 그렇듯이. 나는 보통 행복한 날은 그의 물음에 고개를 끄덕였고, 그렇지 않을 때에는 가만히 있기만 하였다.

가끔은 행복한지 불행한지(혹은 그저 그런지 마저도) 그 경계가 모호할 때도 있었다. 보통 우울한 외국(영어는 대충 알아들을 수 있었으므로, 내가 보며 모호한 감정을 느끼는 영화는 영어가 아닌 언어로 만들어진 영화들이 대부분이었다)영화를 볼 때였는데, 제목도 모르고 주인공이 누군지도 모르는 불어로 된 영화를 자막 없이 보다 보면 가끔 우울에 빠질 때가 있었다. 우울은 불행과는 달랐다. 사람이 살아감에 있어 굳이 필요가 없을 것 같은 불행과는 달리 우울은 살아감에 있어 꼭 필요했다. 그런 때 나는 우울했지만 왠지 모를 위로를 받았다. 이 세상의 것을 내가 모두 알 수는 없다는 생각(혹은 공상)에 잠기고 나면 왜인지는 모르겠으나 내가 느끼는 우울이라는 감정과는 별개로 마음은 편안해졌다. 위와 같은 경우에 나는 H에게 고민하는 시늉을 했다. 음, 하고. 그러면 H는 금세 내가 제목도 모르는 외국영화를 보고 있는 것을 눈치채었다.

자격증 시험을 망쳐버린 날도 H가 함께했다. 시험을 잘 치렀기 때문에 싱글벙글한 얼굴로 가족에게 통화하며 집에 가는 다른 사람들을 보고 있노라면 괜히 자격지심에 빠지고는 했다. 컴퓨터 사인펜을 노려보기도 머리를 쥐어뜯기라도 하는 날이면, 그날도 H는 내게 행복하냐고 물었다. 그러면 나는 고개를 저었다. 내가 고개를 저은 후면 H는 어떻게 하면 다음 시험을 잘 볼 수 있을지 방법을 강구해 주었다. 나는 그의 말을 열심히 듣는 척 하며 주머니 속 알사탕만 만지작거렸다. 그의 말은 내 주머니 속 딱딱한 알사탕이 거의 녹아 끈적거려질 때까지 계속되었다. 물론 시험에 관한 이야기만을 하는 것은 아니었다. 그는 내가 힘든 날이면 어떤 이야기든 많이 해주었다. 본인의 반려동물에서부터 시작해서 오늘 아침 창문을 닦은 얘기로 끝나는 이상한 대화였지만 모든 대화가 그렇듯이 주제가 이리 튀고 저리 튀어도 들을 만했다.

그렇게 그와 처음 만나고 2년 정도는 훌쩍 지났을 때였다. 나는 2년을 그의 위로 없이 보냈다. H는 변함이 없었다. 오히려 변한 건 나였다. 이런 나에 죄책감이 들기도 잠시, H가 내 눈앞에 나타나기만 해도 싫었다. 그 무미건조한 말투가, 날카로운 눈매가, 만사 열심히 도전하는 열정이, 그럼에도 불구하고 내가 힘들 때면 내 눈앞에 나타나 어떤 조치든 취해주는 그 모습이…… 나는 항상 나를 H와 비교했다. 그는 잠시간의 침묵을 깨고 또다시 나를 쏘아봤다.

"또 무슨 불만 있는 눈빛인데."

그의 말투는 장난스러웠으며 또 익살스러웠다. 하지만 그의 눈빛은 진지했다. 그 눈빛이 무언가 나를 질책하는 것 같아 마음이 편하지는 않았다.

"······ 또, 라니?"

"너 요즘 나 미워하는 것 같아?"

"내가?"

　나는 살짝 웃었다. 하지만 분위기를 웃음으로 승화시켰을 뿐, H
의 말에는 한 치의 거짓도 없었다. 그래, 나는 그를 미워하고 있었
다. 나 혼자 부정하며 피해 다녔을 뿐이었다. 이런 감정이 그에게
미안했다. 이런 생각이 든다는 것 자체가 그에게 미안했다. 사실
내가 그에게 느끼는 미안함이라는 감정도, 미워한다는 그 감정도
거짓이 아니었다. 그랬기에 더 미안한 마음이었다.

"응. 네가."

　그는 나를 정면으로 응시했다. 그러니까 이것이 1년 전의 일이
었다. 1년 전부터 나와 H는 위태로운 관계를 이어가고 있었다. 우
리는 서로를 너무 잘 알았고, 따라서 이러한 일도 피할 수 없었노
라고 나는 단언할 수 있다. H가 싫어하는 침묵이 오랜 시간 이어
졌고, 그 침묵의 소음이 나의 귀가 아닌 나의 가슴을 때렸다. 때리
는 수준이 아니었고, 내리쳤다.

　미움에는 이유가 없었다. 아니 있었을 지도 모른다. 나의 학창시
절 그와 닮은 친구가 있었다.

친구의 이름은 로라였다. 외국에 살다왔다거나 부모님이 외국인이라거나 해서 이름이 로라 킴이다, 하는 식은 아니었고, 그냥 한국 이름이 로라였다. 순우리말이라고 했던 것 같기도 한데 이것은 기억에 잘 남지 않았다. 그녀의 이름은 영어 표기도 간단했다. Rora. 성씨는 오에, 이름이 로라. 붙여서 오로라였다. 나는 처음에 그녀의 이름을 듣고 그녀의 형제가 있다면 그들의 이름도 '오늘'이라거나, '오아시스'라거나 할 줄 알았는데, 그녀의 남동생 이름은 '오준하'였고, 여동생의 이름은 '오주희'였다. 그녀의 이름만 왜 그런 식인지 나는 알지 못했으나, 뭐 이름마다 유구한 사연이 있는 것은 어느 집이나 마찬가지였으므로 들어봤자 생산성이 없겠다는 생각만 들어 나는 굳이 그녀에게 물어보지는 않았다. 어쨌든 나는 그녀의 이름을 편하게 R이라 하겠다.

그녀와 내가 친해지게 된 것도 자의는 아니었다. 아이들이 다 같이 어울리기 시작하던 새 학기에 나는 짝꿍이 없었고, R도 그랬다. 사실 그것만이 공통점이지 다른 공통점이 있는 것은 아니었다. R은 우리 반의 누가 봐도 굉장히 모범적이라 할 만한 모범생이었고, 나는 그런 편은 아니었다. 그렇다고 해서 내가 날라리였다거나, 친구들을 괴롭히는 족속이었다거나 하는 것은 아니고, 그냥 공부를 코피가 날 정도로 한다거나 밤을 샌다거나 하는 식으로는 열심히 하지 않았을 뿐이다. R은 혼자 공부하느라고 친구가 없었고, 나는 혼자서 망상이나 하느라고 친구가 없었다. 그 망상은 대게 쓸모없고 생산성 없는 것들이었다. 좌우지간에, 학급 내에 혼자 떠돌아다니는 사람이 없어야 한다는 당신만의 신조 아래, 담임선생님은 나와 R을 짝으로 맺어주었고, 그녀와 나는 같이 다니게 되었다.

그녀의 첫인상도 썩 좋은 편은 아니었다. 언급했듯 그녀는 내게 매일같이 귀에 귀마개를 쑤셔 넣고 공부만 했으며, 수업시간에 단 한시도 잠자지 않는 그런 범생이로 기억이 된다. 나는 굳이 모범생을 깎아내리는 것을 별로 좋아하지는 않지만, 그래도 내가 느끼기에 R과 내가 너무 이질감이 느껴지는 건 사실이었다. 나는 학창시절에 그리 공부를 열심히 하는 학생은 아니었으므로. 담임선생님의 성화로 그녀와 내가 같이 다니기 시작하였을 때에도 그녀는 말이 없었다. 심지어 밥을 먹으면서도 영어 단어를 외웠다. 손바닥만 한 단어장에 뭐가 그리 외울 게 빼곡했는지 나는 아직도 의문이다. 그래서 나는 그녀와 같이 밥을 먹었지만 마치 따로 먹는 기분이었다. 쉬는 시간이나 점심시간에도 내가 몇 번 반복하여 말하거나 두들겨야 대답을 해줄 뿐, 나에게 먼저 찾아오거나 말을 걸거나 하는 일도 결코 없었다(게다가 그녀는 나에게 매점을 가자는 말도 하지 않았다-매일같이 매점의 빙그레 바나나 우유를 입에 달고 살던 내가 보기에는 정말 이해할 수도 없었다).

하지만 물꼬를 트니 그녀도 말이 많았다. R도 H와 같이 현실적이었다. 다만 조금 다른 점은, 그녀는 사회 현상에 관심이 많았고, 나를 추앙하는 데에는 그다지 큰 관심이 없었다는 점을 들 수 있겠다. 그래서 R이 별로였다는 점은 아니고, 오히려 H와 R이 달랐기에 나는 그 둘을 연관 짓기가 쉬웠던 걸 수도 있겠다. 오히려 둘이 너무 닮아있었다면 나는 그 둘을 연관 짓지 못했을 것이다.

예를 들어, 내가 오늘 빨간색 사과를 보고, 내일 빨간색 사과를 또 본다면 그 사과들의 관계를 깊이 생각하지 않을 것이기 때문에 두 사과 모두 흘려보낼 것이다. 하지만 내가 오늘 빨간색 사과를 보고, 내일은 파란색 사과를 본다면(파란색 사과가 현실에 존재한다는 것이 아니라 그저 예를 드는 것이다), 나는 그 둘의 차이점을 인지하고 파란색 사과가 보통의 사과보다 다르다는 점을 깨닫게 되어 파란색 사과를 보면서 전날 봤던 빨간색 사과를 떠올리기가 훨씬 수월할 것이다. 생각하다보니 나는 빨간색 사과와 파란색 사과가 달랐기에 둘을 연관 짓기 편했던 것보다 파란색 사과가 특이했기에 둘을 연관 짓기 편했던 것일 수도 있겠다. 그렇기에 구태여 H와 R을 빨간색과 파란색 사과로 나누어 본다면, 나에게 파란색 사과는 H였다. R은 H보다 보통인 편에 속했다. 아니 어쩌면 그녀가 보통인 것이 아니라 H나 내가 훨씬 비정상일 수도 있었겠다. 그러니까 R이 빨간색 사과고 H가 파란색 사과였던 것이 아니라, R이 파란색 사과고 H와 내가 뭐 무지개색 사과였다거나 할 수도 있었을 것 같다는 소리다.

다만 그 둘이 가장 비슷했던 점은, 절대 나를 위로해주지 않는다는 점이었다. R은 공부를 하는 태도에서 알 수 있듯이 공부를 매우 잘했기 때문에 나는 그녀에게 성적에 관한 고민을 털어놓기가 좀 불편했다(그렇기 때문에 그녀에게 상담할 고민이 기하급수적으로 줄었던 것도 있다). 어쨌든 R은 당시 나의 친구였고, 나는 그때에도 그녀의 현실적인 면이 좋을 때가 많았다. 좌우지간 그 이유는 H가 좋은 이유와 비슷하니 생략한다.

그러다가 그녀가 전학을 가던 때도 내 기억 속에 선명하다. 그녀의 전학은 갑작스러웠다. 나에게 한 마디 말도 없었다. 따라서 나는 조금, 아니 많이 속상한 마음을 감출 수 없었다. 그래도 R과 함께 다니는 친구는 나 혼자였고, 전학을 가까운 곳도 아니고 멀리 갔으니, 나에게 전학을 가노라고 한 마디 해줄 수는 없는 것이었을까 하는 생각이 내 가슴속에 스쳤다. 보통의 경우라면 전학을 가기 전에 어디 떡볶이 집에 가서 눈물의 송별회라도 할 텐데, 그런 기회도 놓쳤다. 그녀가 전학 간다는 것을 당일 담임선생님의 말로 인해서 알게 되었는데, 뭘 더 바랄까. 나와 그녀의 마지막에는 눈물이나 송별회는 고사하고, 눈을 마주보며 학교의 급식조차도 제대로 한 번 먹지 못했다.

어떻게 보면 그녀는 나를 일부러 피했던 것 같기도 했다. 내가 그녀를 툭툭 건들거나, 으레 친구들과 하는 스킨십을 하기만 해도 그녀는 화들짝 놀라고는 했다. 따라서 나는 처음에 그녀가 결벽증이 있다거나, 나를 정말 싫어하는데 담임선생님의 성화 탓에 괜히 같이 다니는 것은 아닌가 하는 생각을 이어가기도 했다.

하지만 나는 그녀의 마지막 모습이 가장 놀라웠다. 이 마지막 순간에 나의 위와 같은 쓸데 없는 생각이 파괴되기도 했다. 거듭 말하지만 그녀는 누군가를 공감하는 데에 남들보다 냉철했고, 나는 이미 그런 그녀에게 익숙해진 상태였다. 나는 R이 떠나던 날에도 별 것을 기대하지 않았다. 그녀가 떠난다는 것은 이미 기정사실화 되어있었고, 여기서 무엇을 하든 그녀는 떠날 것이었고, R도 분명히 그것을 알고 있을 테니까 나에게 특별한 마지막 한 마디 같은 것은 안 할 게 빤하다는 결론을 나는 내렸다. 그런데 그런 나의 예단을 비웃듯 그녀는 교단에서 작별 인사를 하다가 갑자기 내게로 성큼성큼 다가와서 나를 꽉 껴안았다. 아무 말 없었던 그 포옹은 내 인생에 있어서 가장 큰 위로가 되었다.

H의 향수 냄새가 내 코를 찌르는 지금, 나는 내 예상처럼 H가 정말 쓰러지기라도 한 것일까 봐, 쿵 소리의 주인공이 H일까 봐 뒤를 돌지 못하고 있다. 그때 내 뒤에서 구둣발 소리가 들린다. 또각, 또오각, 묘하게 박자가 어긋나는 것이 신경 쓰인다. 얼마나 지났을까, 내 등에 온기가 가닿는다. 누군가 나를 뒤에서 안은 것이다. 나는 그것이 H임을 직감적으로 알 수 있다. 나는 그때 깨달았다. 그가 말하고 있음을.

"네가 필요한 게 있다면 말해. 별 거 아닌 세상이 때론 별 거일 때가 있으니까."

갑자기 R이 생각나는 건 무엇일까. 꼭 필요할 때 하나씩 주어지는 위로가 내겐 아름다운 꽃 같았다. 금방 져버릴 것을 알기에 더 슬픈 아름다운 꽃. 위로를 싫어하던 내 성격도 사실 오그라드는 걸 회피하는 부질없는 심리였는지 모르겠다.

"가끔은 노을이 하루종일 이어지는 것도 좋은 것 같아."
마지막 말은 내가 뱉었는지, 그가 뱉었는지 모를 일이었다.

슈뢰딩거의

    어김없이 오월은 찾아왔다. 사실 재이와 헤어지게 된 것도 오월이었다. 그 친구와 나는 삼월에 처음 만났고, 곧 있다 오월에 헤어졌다. 사귀지도 않았는데 헤어졌다는 표현이 무슨 의미인가 싶지만 흩어진다라거나 하는 사전적 의미와는 얼추 맞아떨어질 듯하였다. 어쨌든 두 달밖에 안 되는 그런 짧고 짧은 인연이 어찌 나의 인생을 바꿔놓았는지는 모르겠지만, 나는 재이가 내 인생을 얼추 바꾸어 놓았음을 여실히 느낄 수 있었다. 나는 항상 재이의 생각을 이어가고는 했다. 누군가의 인생이 나의 삶 속에 끼어드는 것은 생각했던 것만큼 그리 썩 좋은 기분은 아니었다. 어찌되었든 내 책상 한편엔 아직도 차마 보내지 못한 편지가 쌓여있었다. 봉투는 모두 파란색이었다. 재이는 유독 푸른색 계열의 색을 좋아했다. 알다가도 모르겠는 사람이었다. 재이는 봤던 영화를 또 보는 것에 대해서도 이렇게 설명했다. 나는 이해할 수 없었지만, 재이의 말은 어린 마음에 무언가 있어보였기 때문에 여기저기에 많이 인용하고 다니고는 했다.

"결말을 알면서도 어떤 행동을 하는 것엔 희망이 담겨있어. 이번에는 다를 지도 모른다는."

　재이의 한 마디가 내 시작의 이유가 되었다. 편지를 써내려가는 것의 시작, 다른 선택의 시작, 끝냄의 시작,
　'결말을 알면서도 다시 펜을 드는 것, 이번에는 다를 지도 모른다고 믿으면서.'

*

To. 유재이(통칭 J)
　안녕. 재이야. 보통 사람들은 편지를 쓰기 시작할 때, 본인의 이름을 밝히던데 나는 그러고 싶지 않아. 너라면 내 필체를 보고 알아차릴 수도 있고, 편지지의 맨 하단으로 가 내 이름을 보고 올 수도 있겠지만(너를 본 지도 오래되어 이런 것 하나 예상하는 게 쉽지는 않네. 나라면 그랬을 것 같다는 얘기야.), 오늘 하루만 그런 건 고려하지 않아볼래. 만약 네가 내 문체나 필체만을 보고 나인 것을 알아맞혀준다면 더 기쁠 것 같고, 그게 아니라면 네가 굳이 이 편지의 주인이 나인 걸 알아차리지 않았으면 해. 사실 이런 고민이 무의미할 것 같다. 나는 어차피 부치지 못할 편지를 쓰고 있으니까.
　오월이면 사람들은 어김없이 맨투맨에 청반바지를 입고 거리에 나가. 나가서 꽃을 구경하고, 하늘을 올려다보고, 때로는 애인이랑

손을 맞잡고 걷기도 하는 듯해. 남들이 그렇게 알콩달콩한 시간을 보낼 때면 나는 골방에 박혀서 책이나 읽고, 만년필을 들어 누군가에게 편지를 써. 너는 이런 내 취향을 이해해주고 동경해주는 유일한 친구였어. 너랑은 대화를 하고 있지 않아도 대화를 하는 기분이었어. 내가 이런 말을 건네면, 너는 아마 거짓말을 하지 말라고 하겠지. 늘상 너는 그래왔으니까. 그런데 너만큼은 내가 지금 하고 있는 게 거짓말이 아니라 사랑, 그래, 그 낯간지러운 그것임을 알아주면 좋겠어.

나는 요즘 잘 지내고 있어. 예전에 좋아하던 건 다 관두고, 연기를 시작했어. 어쩌면 내가 연기를 할 때의 감정도 네가 해준 말과 비슷한 것 같아. 항상 무대에 올라설 때면, 내가 알고 있는 모든 극의 스토리를 모른 척해야 했기 때문에, 항상 이번에는 다를 지도 모른다고, 그렇게 되새기며 오르게 되는 것 같아. 무대에서 나는 수백 번 죽어, 하지만 수백 번 일어나 끝에는 결국 박수를 받고, 또 다른 죽음에 직면하게 돼. 그리고 내가 그렇게 죽기 전에 생각나는 사람은 다름 아닌 바로 너더라. 이렇게 수백 번, 내 체력이 허용한다면 수천 번도 더 쓰러져가면서 숨을 참고, 암전 후에는 자리에서 일어나 관객들에게 고개를 숙이면서 나는 너를 찾을 거야. 어쩌면 운명처럼 우리는 그 수많은 사람들 속에서 바로 눈을 맞출 수 있을 지도 몰라.

요즘은 나이가 들어서 그런가, 이런 저런 생각과 망상을 많이 하게 돼. 네가 만약 내 공연을 보러 왔는데, 내가 너를 바로 알아보지 못하면 어쩌지 하는 생각들이나, 나는 너를 봤는데, 너는 나를 그저 스쳐지나가는 사람으로만 대한다면, 그러면 어쩌지 하는 생각들이 불쑥, 그리고 때때로 튀어나와 나를 괴롭혀. 내가 너를 알아보지 못한다면 나는 평생 희망만 안고 살아가게 될 것이고, 네가 나를 알아보지 못한다면 나는 평생(어쩌면 평생은 아닐 수도 있겠지, 나도 너를 잊고 싶을 때가 많아) 좌절 속에 빠져 살 수도 있어. 이건 너에게 부담을 주려는 것은 아니야. 재차 말하는데, 이것도 어차피 네게 부치지 못할 편지 중 하나에 불과하니까. 네게 부치지 못한 편지들에 모두 번호를 매긴다면, 한두 개의 0들은 가뿐히 붙어있을 거야.

그러니까, 이번엔 용기 내보고 싶어. 부치지 못할 편지라는 것을 아니까, 내가 하고 싶은 말을 전부 적어보고 싶어. 난 너를 사랑해. 사랑한다는 말을 넘어서서 존경해. 존중하고, 감히 어떤 말도 네 앞에서는 할 수가 없었어. 사실 내가 너한테 말도 없이 떠나게 된 이유도 빌어먹을 내 탓이었어. 내가 너를 좋아해서, 좋아하다 못해 사랑해서, 사랑하다 못해 지지해서. 이런 나를 나도 이해를 못 해서. 우리 엄마는 더더욱 이해를 못 해서. 정당화하기는 싫지만, 나도 이렇게 떠나는 걸 원치 않았어. 그러니까, 그러니까 한 번만 더, 네가 내 앞에 나타나주길 나는 바라. 내가 너를 알아볼 수 없지 않으니까. 설마 그렇지는 않을 테니까. 나는 아직도 꿈꿔. 길을 가다가 우연히 널 만나는 상상, 운명처럼 한 번에 알아보는 상상. 아직도 많이 해. 그러니까 한 번만, 나를 찾아줘. 나한테 오기만 해줘. 그럼 알아보는 건 내가 할게.

어느 해 5월, 너의 친구, 로라가.

P.S.

혹시 너 슈뢰딩거의 고양이라고 알아? 사망 확률이 50%인 독약과 고양이를 상자 안에 넣어놓으면, 고양이는 죽거나 살 텐데, 그것을 누가 관측하기 전까지는 죽은 고양이랑 산 고양이가 공존한다는 이론이래. 나는 사실 이 이론을 잘 이해 못 하겠는데, 딱 듣자마자 네 생각이 났어. 너에 대한 내 희망과 갈망이 생각났어. 나는 차라리 죽은 고양이를 마주할 50%의 확률과 맞서기보다는, 내 희망으로 100%를 만들어 갈래. 100%로 살아있는 고양이를 만들어 볼래. 그게 내 희망이야. 이건 내가 편지를 부치지 못하는 이유에 대한 변명이기도 해. 끝에 이런 말 덧붙이는 게 좀 쪼잔해 보일 수도 있겠지만, 변명이라도 하지 않으면 안 될 것 같아서.

*

무지개색은 아름다움을 표현하기 위해 사용된다. 또한 사람들의 다양성을 나타내기 위해 사용된다. 따라서 이런 결론의 도출이 가능하다.

'다양함은 아름답다.'

하지만 과연 그러한가? 사람들은 다름을 인정하는가? 세상을 소개할 때 꼭 빼놓을 수 없는 다양성에 대한 이야기를 배제하는 사람들이 분명 이 세상에 많이 존재했다. 우리 모두는 각기 다 다른 모습을 가졌음에도 불구하고.

어쩌면 나는 중력을 거슬러 올라가려는 어리석은 행위를 하고 있
는 것일 수도 있을 것 같다. 불가능하고, 힘든, 어찌 보면 정말 바
보 같은 일을 하고 있는 것일 수도 있을 것 같다.

나는 집 밖을 나섰다. 남들이 그러하듯 맨투맨에 청반바지를 입고
작은 핸드백을 맨 채였다. 하늘이 높고 청아했다. 내 손에도 하늘
과 같은 색의 편지 봉투가 들려있었다. 푸르른 풍경 아래의 빨간색
우체통이 유독 이질적으로 느껴졌다. 나는 재이의 어릴 적 주소를
봉투 위에 덧대어 적었다. 내 짐작이 맞는다면, 그곳에는 아직 재
이의 부모님이 살고 있으리라.

고양이는 죽었다.
내가 죽였다.

기울어진 끝과 시작

    사람들은 항상 편견 속에서 살아가고는 했다. 그 편견이라 함은 항상 부정적인 방향으로만 흘러가는 것은 아니었다. 저 사람이 나를 좋아할 것이라는, 혹은 싫어할 것이라는, 아니면 나를 해할 것이라는, 반대로 나에게 막연한 이익을 줄 것이라는 그러한 착각, 혹은 망상의 종류 중 하나가 항상 편견이 되었다. 아, 어떻게 본다면 편견의 종류 중 하나가 착각 혹은 망상일 수도 있을 것이다. 편견의 종류는 다양했고, 사람들은 무지했으며, 나 또한 항상 그 무지의 무리에 속하고는 했다. 적어도 나는 내가 굉장히 깨어있는 사람이며, 다른 사람에 대한 배려도 잘 하고, 행복하게 잘 살아간다고 자부했지만 남들이 보기에도 그럴 지에는 물음표가 들었다.

내가 그 애에 대해 가진 것도 어쩌면 편견이었을지 모르겠다. 항상 나보다 그 애가 더 나을 것이라고 했던 나의 막연한 기대감 따위가 편견이었을지 모르겠다. 편견이라고 해서 막상 '무언가에게 혹은 누군가에게 갖는 나쁜 치우침'만이 아닌, 누군가에게 거는 막연한 기대감도 포함이라는 것을 나는 너무 늦게 알았다. 누구나 완벽할 수는 없다. 그것이 거대해보였던 나의 아버지라도, 많은 사람들이 숭배하는 신이라도, 그리고 내가 완벽하다고 믿었던 그 애조차도. 우리의 삶은 잘못된 생각이 그득하게 연기처럼 차올라 누가 누군지도 구분할 수 없을 만큼 뿌연 세상에서 살아가는 것의 반복이었다. 뿌연 연기는 우리를 안정 속으로 밀어 넣어줬지만, 우리를 진실에서 배제시켰다. 사실과 진실은 달랐다. 사실의 연속은 진실이 될 수 없다. 하지만 진실은 사실의 연속이 되어야 한다. 그 애가 생각이 깊은 사람인 것은 사실이었지만 또한 그 애가 나를 상당 부분 인정해주는 것은 사실이었지만, 그 애가 생각이 깊어 나에 대한 모든 것을 이해해주리라는 것은 진실이 아니었다.

나는 그 애를 J라고 칭했고, 그 애는 나를 H라고 칭했다. 이러한 점들은 사실이었지만, 그렇다고 내가 모든 사람에게 H라고 불린다거나 그 애가 모든 이들에게 J라고 불리는 것이라고 확신할 순 없었다. 사실의 연속 혹은 사실의 확장은 진실이 될 수 없었다.

그 애는 나와 그 애가 어느 작은 소극장에서 처음 만났다고 굳게 믿고 있는 모양이었지만, 사실 내가 그 애와 처음 만난 것은 극장에서가 아니었다. 그렇다고 또 특별한 곳이었느냐 하면 그것도 아니었다. 그 애와 처음 만난 장소는 다름 아닌 동네 카페에서였다 (물론 우리 동네였기 때문에 그 애의 동네였는지는 잘 모르겠다). 그때 그 애는 커피를 마시며 사색 중에 있었고, 따라서 나만 그 애를 봤다. 그 이후로 그 애가 카페에 찾아오지 않을까 하는 마음에 몇 번 더 동네 카페를 찾았지만, 그 애는 오지 않았다. 그 이후에 만났던 것이 극장에서였다. 그 애는 우리의 첫 만남(여기서 첫 만남이라 하면 그 애만의 첫 만남이었다. 사실은 두 번째, 아니 내가 착각했다면 더 많이 만났을 수도 있을 것이다)을 회상하며 내가 너무 민폐 관객이었다고 말했다. 이렇게나마 짧게 변명을 하자면 내 자리는 맨 뒷자리였기에 뒤에 사람이 없어 고개를 마음껏 숙일 수 있었으며, 그날은 에어컨이 고장 났었기 때문에 모두들 이리저리 옷을 펄럭 거리며 움직이는 모양새였다고 할 수도 있었겠지만 난 그러지 않았다. 그냥 그러고 싶지 않았다. 변명을 하지 않고 내 잘못을 인정하고 넘어가는 게 '쿨'해보여서라거나 한 것은 아니었고, 그저 한 줌의 변명이 그 애 앞에서 얼마나 소용없는 것인지 알기에 그랬다. 그리고 그날 내가 그러한 행동을 했던 것은 어느 정도 '사실'이었으므로, 진실이 아닌 부분이 포함되어 있다고 할지라도 나는 그저 넘어가기로 마음먹었다.

어찌되었든 나는 그 애와의 관계를 유지해갔다. 그 애는 남들과는 뭔가 다른 독특한 본인만의 세계관을 지니고 있었다. 따라서 나는 그 애와 있을 때면 항상 내가 평범의 범주 안에 속하는 듯한 느낌이 들었다. 그래서 나는 그 애가 변하지 않을 것이라는 막연한 착각을 했던 것일 수도 있겠다. 그 애가 나와는 너무 달랐으니까.

그래서 나는 그 애 앞에 서면 무언가 주름을 잡으려는 듯이 굴었다. 현실적으로 굴었다. 감정적인 것은 그 애 하나면 충분하다고 느꼈다.

그날도 예외는 아니었다. 그 애는 나를 H라고 불렀다. 어느 날 그 애에게 왜 내가 H냐고 물은 적이 있다. 그 애는 주저 없이 말했다.

"한현호. 이름 이니셜이 HHH잖아. 신기해."

나는 '자기는 제이(J)면서.'하는 말을 내뱉을 뻔했다. 그 말 이후 오랜 적막이 지속되었다. 나는 이러한 적막을 견디는 것이 힘들었다. 우리 주변은 소음투성이였지만, 그래도 인간이 내는 인위적인 소음은 이상하게 사람의 마음을 편하게 하는 경향이 있는 것 같았다. 나만의 착각일지는 모르겠지만, 누구나 그렇듯이 나는 나의 습관에 대해서 깊게 생각해본 적이 없었다. 오랜 적막이 지속되자 그 애가 먼저 입을 열었다.

"사람들은 다 편향적인 생각을 가지고 있대. 본인이 믿는 것이 진실이라고 계속 믿는 거야."

그래, 그런 것도 같았다. 내가 믿는 것이 진실이 아니라는 사실을 겸허히 받아들일 수 있는 사람이 이 세상에 얼마나 있을까. 나도 내가 믿는 진실이 부정당하는 기분을 싫어하는데, 남이라고 얼마나 그것들에 관대할까.

"맞는 것 같아."

"나도 그래. 내 고등학교 때 친구한테 얼마 전에 편지 한 통이 왔거든. 정말 기다렸던 친구였는데…, 갑자기 연락이 끊겨버려 속상했었는데, 편지에는 다시 만나자는 말도 없이 그냥 본인이 하고 싶은 말을 써놨더라."

"그래도 기분은 좋지 않았어? 나는 어릴 적에 알던 누가 나를 아직 기억해 주고 있으면 기분은 괜히 좋아지던데."

"날 사랑한대."

그 애의 말에 나는 그 애의 표정을 살펴보았다. 그 애는 굉장히 담담하게 사랑을 논하고 있었는데, 이는 정말 아무런 감정도 느끼지 못하는 듯 보였다. 입에 가득 넣고 씹어도 금방 녹아내리고야 마는 솜사탕처럼, 나는 그 애가 부피만 부풀리고서는 겁먹은 채로 서있는 것 같다는 생각을 그때서야 했다.

"나도 참 이기적인 것 같아. 보고 싶었는데, 간절한 줄 알았는데, 간절하지 않아졌어. 내가 너무 이기적인 건가?"

그 애는 나에게 항상 이러한 질문을 던졌다. 그 애는 마치 내가 자신을 대변해주었으면 좋겠다는 투로 이야기했다. 이럴 때면 나는 어떻게 대답을 해야 할지 망설이게 되고는 했다.

"근데 만나러 갈 거야."

그 애가 말했다. 그러더니 그 애는 잔뜩 녹아버린 솜사탕 같은 표정을 하고는 나를 바라보았다. 절대 거절할 수가 없었다. 그 애는 이런 걸 잘했다. 본인이 분명히 잘못한 상황에서도 교묘하게 나의 마음을 건드려 내가 그 애에게 화를 내지 못하게 하는 것과 같은 행동들을. 이 상황에서 따스한 봄바람이 나를 간질이는 이유는 무엇일까. 바람에 실려 온 어떤 깊은 추억의 향기가 나의 코끝을 스쳐지나갔다. 한때는 영원히 나의 삶을 형용해 줄 것만 같았던 깊지만 얕은, 유치하지만 진지한 향기들.

그 애는 주머니에서 대학로 소극장 뮤지컬 표 두 장을 꺼내 한 장은 본인 손에 꼭 쥐고는 다른 한 장은 나의 손에 쥐어주었다. 나는 그 표를 확인하지도 않고 가방 속에 넣었다. 그 애와 자주 다니던 대학로였지만, 이번에는 그냥 확인하고 싶지 않았다. 가끔은 아무것도 모르는 상태에서의 경험이 우리를 새로운 곳으로 데려다 주기도 했으니까.

"사실 나 그 친구 이름 듣자마자 알았어. 그런데 일부러 안 보러 갔어. 그냥 언젠가 이런 순간이 올 것 같아서."

그날 집에 가서 나는 그 애가 했던 말을 되짚어 보았다. 나에게도 그런 친구가 있었던가, 하는 물음도 내게 던져보았다. 사실 추억이라 하는 것은 지났기 때문에 아름다운 것이었다. 아련히 기억되는 것들도 내 속에서 미화되었을 가능성이 농후했다. 막상 내가 아름답게 생각하는 시절로 돌아간다면, 그러한 추억은 다시 붕괴되어 그 붕괴의 파편이 나를 찔러버릴 수도 있었다. 사실 인생은 정말 드문 좋은 기억 조각들로, 나머지 밀려오는 불행의 파도를 버텨내는 행위와 같았다. 파도가 덮칠 때 우리는 손에 있는 조각들을 더 꽉 쥐었고, 그것은 금방 녹아 사라지거나 손에 흉을 남기고는 했다. 이러한 기억들에 있어서 가장 잔인한 점, 그러한 좋은 순간에는 그것이 좋은 순간임을 깨닫지 못하는 데에 있다. 항상 좋은 순간들은 지나고 나서야 나를 사무치게 했다.

따라서 나는 내게 그런 아련한 친구가 없다는 결론을 내렸다. 사실 바로 떠오르는 친구가 없는 것을 보면 내게 그러한(즉 서로 사랑한) 친구는 없는 것이 분명했다. 삶을 오래 산 건 아니지만, 그래도 짧게 산 것도 아닌 입장에서 나는 내게 그러한 친구가 없다는 것에 대한 이유를 나에게서 찾고 싶지 않았다. 중학교, 고등학교 시절 내가 무언가를 잘못해서도 아니고, 그들(그때 당시 나와 어울렸던 친구들)이 나를 등한시 하는 것도 아니라는 것을 나는 잘 알고 있었다.

창 밖에서 달빛이 스며들어왔다. 어떻게 본다면 굉장히 차갑고, 또 어떻게 본다면 굉장히 따듯한 달빛 아래서 나는 잠들었다. 지구는 둥글지만, 땅은 평평했다. 땅은 평평했지만, 사람들 간의 거리는 기울어져 있었다. 기울어진 거리는 사람들을 자꾸만 아래쪽으로 끌어당겼다. 나도 마지못해 아래쪽으로 치우쳐가고 있었다.

그 애도 나처럼 남들에게 떠밀리는 삶을 살고 있을까. 나는 어쩌면 내가 하지 못하는 일을 그 애에게 바라는 것 같았다.

이때도 어쩌면 마찬가지였는지 모르겠다. 나는 공연장에 들어가기 전에 출연진이 누구인지도 확인하지 않았다. 일부러 눈을 감고 지나갔다. 그런데 무대가 시작하지마자 나는 그 애의 친구였던 '로라'라는 사람이 누구인지 단박에 알아볼 수 있었다. 그녀는 그 애를 응시했다. 그 눈은 마치 사막을 걷다가 오아시스를 만난 사람의 것 같았다. 나는 눈을 감았다.

아마 그 애도 눈을 감았을지 모르겠다. 어쩌면 눈을 뜨고 있었을 수도 있다. 나는 상관하지 않았다. 내가 눈을 감고 있었으니, 그 애가 눈을 감았는지 떴는지의 여부는 나의 소관이 아니었다. 이는 쓸데없는 기대가 아님을 나는 깨달았다. 그저 가능성을 차단해 버리는 것은 내가 이기적이라거나 한 것이 아니었다. 그저 산 너머로 넘어간 해가 내일이면 다시 뜨겠지 기대하는 귀납적 추리의 영역도 아니었다. 그냥 해가 졌을 때, 해가 영원히 질 수도, 해가 내일 떠오를 수도 있다는 가능성 모두를 열어두고, 나는 그저 잠에 드는 것과 같은 이치였다. 내가 눈을 다시 떴을 때, 그 애는 기립박수를 치고 있었다. 나는 무대 위 사람들의 표정은 보지 못하고, 소리만 들었으므로 반쪽짜리 찬사를 보냈다.

다만 한 가지 확실한 점은, 그 애가 기립박수를 치면서 눈을 뜨고 있었다는 점이었다.

생각해보니 나에게 박수를 보내주는 사람은 있었던 것도 같았다. 그것이 기립박수였는가 그저 박수였는가는 생각나지 않았지만, 그 소리만은 내 귀를 아직까지 정확하게 때렸다. 그리 대단한 곳에서 받은 박수도 아니었다. 학교 축제에서 노래를 부른 후 받은 박수였다. 하지만 그러한 '별 것 아닌 것 같은'찬사여도, 머릿속에는 깊게 잔상이 남았다. 내가 박수를 치는 대상이 아닌 박수를 받는 대상이라는 것은 항상 나를 흥분하게 했다.

책을 읽다가 이런 구절을 발견한 적이 있다. '사람은 누구나 살아가면서, 기립박수를 한 번 이상은 받아야 한다.'라는. 나는 왜 그 애의 모습을 보며 그 구절이 떠올랐을까. 문득 저 박수의 대상이 나면 어떨까 하는 생각이 내 머릿속을 스쳤다. 굳이 크고 화려한 곳에서 받는 영광의 박수가 아니어도 괜찮겠다는 생각도 들었다.

문득 나는 그 애를 한 번 꽉 안아주고 싶다는 생각도 들었다. 나는 나의 편견에 또 한 번 나를 기댔다. 그 애는 뭔가 기울어진 세상 속에서도 소신을 지키며 꿋꿋이 서있을 것만 같은 기분이 들었다. 나는 그 애를 안아주고 싶은 것이 아니라, 기울어진 세상에서 그 애를 붙잡고 굴러 떨어지지 않도록 버티고 싶은 것일 수도 있을 것 같다. 내가 그 애에게 이 말을 전하면 그 애는 어떻게 반응할까. 이런 생각을 이어갔다. 그 애도 세상에서 넘어질 때가 있었지만, 그럴 땐 내가 버티면 되니까. 그리고 그 애가 일어나면 이제 내가 매달리면 되니까. 이런 비생산적인 생각들이 머릿속을 맴돌았다.

눈을 떠서 잔혹한 현실을 마주하는 것보다 차라리 장님이 되는 게 나을 것도 같다는 어느 궤변도 떠올랐다. 이런 역설들이 사람들의 지지를 받는 이유는 뭘까. 아무래도 현실적이어서가 아닐까. 정의가 그르다고 하는 말들이 누군가의 지지를 받는 이유도 같은 맥락에서일 테다. 나는 전자를 택할 것인가, 후자를 택할 것인가.

"H. 아니, 한현호."

그 애가 나의 이름을 불렀다. 아마 내가 과거를 되짚고 있다는 것을 그 애가 알아챈 듯했다. 나는 감고 있던 눈을 서서히 떴다. 익숙한 공간이 내 눈 앞에 펼쳐졌다. 그리고 그 애 또한 내 눈 앞에 보였다.

"가끔씩 사는 게 별거 아닌 것 같다는 생각이 들어."

이제 내가 그 애의 기둥이 되어줄 차례인가 보다.

에필로그 _ 우리들의 못다한 이야기

4장 〈애매함과 아름다움 사이〉 저자
김가은 작가님 후기

사실 저는 글을 쓰는 것을 별로 좋아하지 않습니다. 요즘 글을 읽는 사람은 적어지는데 쓰는 사람은 많아지는 것 같다고 생각하며, 저는 그 많고도 힘이 드는 작가 중 한 사람보다는 누군가의 독자로 남고자 했고, 그렇기에 중학교 시절 동안 제게 글쓰기는 학교 독후감 혹은 부모님 생일날의 편지 정도밖에 없었던 듯합니다. 하지만 항상 계획은 틀어지기 마련이었기에 어쩌다 보니 배재윤 선생님 작가님, 그리고 훌륭한 친구들, 선배님들과 글을 쓰게 되었고, 그게 이렇게 책으로까지 나온다니 정말 감회가 남다릅니다.

글을 쓰는 것은 정말 어렵습니다. 뱉으면 끝이고, 들으면 끝인 말과는 달리 글을 쓰는 것은 스스로 온전히 말하는 이 혹은 듣는 이 혹은 그 모두가 되어야 하며, 생각하고, 계획하고, 손가락을 이용해서 써 내리고, 그것을 다시 읽어 보며 수정하는 과정을 거쳐야 하기 때문입니다. 그런 의미에서 이런 일련의 과정들을 독려해주시고 함께 해주신 배재윤 작가님께 특별히 감사드리며, 제 글에 피드백을 남겨주신 모든 작가님께 감사드립니다.

어쩌다 보니 A4용지로 15페이지라는 문예지에 실릴 단편소설 길이의 소설을 쓰게 된 저에게도 오늘만큼은 수고했다고 말하고 싶습니다. (제가 사실 밴드부도 하고, 연극부도 하고, 이렇게 글도 쓰는데 이 정도면 명예 예체능 부원으로 인정해 주어야 하는 것 아닌지…)

뭔가 쓰다 보니 수상소감 같은 느낌이 드는데… 나머지 못다한 이야기는 이 책이 정말 유명해지게 되면 그때 수상소감 겸해서 하도록 하겠습니다. 줄일게요.

- 덧붙임, 아마 이런 (누군가와 함께 글을 쓰고 생각을 나누는) 활동을 하게 된 것은 제게 평생토록 기억에 남을 것 같습니다.
감사합니다.

미래의 나에게

최진우 작가님

내게 글이란 세상을 향한 노래와도 같다. '글' 속에서 나는 내가 누구인지 나는 어떻게 살아야 하는지를 배웠고 그 '글' 속에서 나는 내가 누구이고 어떻게 살 것인지 증명할 수 있었다.

내가 특별하다고 생각했다. 세상은 나를 중심으로 돌아가며 마음 먹은 일은 무엇이든 이룰 수 있다고. 그런 터무니 없는 생각으로 하루를 물 흐르듯 그저 흘려보냈다. 그 뒤는 어떻게 되었겠는가? 특출난 재능이랄 것도 없고 그렇다고 열심히 노력한 것도 아닌 그 저 평범한 주위 어디서든 쉽게 볼 수 있는 사람. '평범'하다는 것을 깨닫게 된 것은 중학교에 갓 입학하고 나서였다. 초등학교 시절 잦은 전학으로 기른 사교성 덕에 나는 어느 학교에서든 쉽게 그 무리의 리더가 되었고 어떤 활동에서든 내가 원하는 대로 할 수 있었다. 그런데 이게 웬걸, 중학교에 올라가고 첫 반장선거 나는 처참하게 떨어졌다. 당연히 될 것이라 그리 쉽게 단정 짓고 판단했었던 탓인가? 처음으로 반장에서 떨어졌다는 사실은 내게 크나큰 충격을 주었다. 엎친 데 덮친 격으로 잘한다고 생각했던 공부에서조차 높은 성적을 거두지 못했다. 이때부터였다. 내가 시도조차 안 해서 안 된 것이 아닌 열심히 노력해도 안 되는 것이 있다는 사실을 알게 된 것이. 내가 남들과 다를 바 없는 보통의 평범한 학생이란 사실을. 처음에는 애써 이를 부정했다. 단지 이번에는 내가 운이 없었다고 하지만 세상은 절대 호락호락하지 않았다. 지금 이 상태 그대로는 어떤 분야에서든 나보다 능력 있고 위에 있는 사람이 있었고 나는 그것이 그렇게 싫었다. 그때부터였다. 나는 나를 바꾸기 위해 글을 쓰기 시작했다. 하루 할 일을 계획하는 작은 플래너를 쓰는 것부터 장기 목표를 이루기 위한 몇 달 분량의 계획을 쓰고 또 하루하루 오늘의 나를 성찰하고자 일기를 쓰기도 하였다. 사교육을 받지 못했기에 학교 선생님의 수업을 놓치지 않기 위해 매 교시 노트 필기를 하였으며 간간이 메모하며 스스로 독려하기도 하였다. 말로 설명하기 힘든 일은 글로서 전달하였고 이를 통해 일을 처리할 때 백번 설명하는 것보다 한편의 보고서가 더욱 효과적이라는 것을 알 수 있었다. 발표에 있어 예전에 나라면 하지 않았을 발표문을 작성하며 말을 논리적이고 조리 있게 할 수 있는 능력을 기를 수 있었다. 이런 노력이 있었기 때문일까? 중학교를 입학하고 1년이 지난 후부터는 다시 내가 원하는 것을 예전과 달리 쉽지는 않았지만 조금씩 해낼 수 있었다. 부족한 부분은 노력해서 열심히 채웠으며 꾸준히 나의 가치를 증명하기 위해 글을 쓰고 이를 세상에 노래했다. 그 결과 중학교를 졸업할 때 많고 다양한 임원 활동과 높은 성적으로 좋은 고등학교에 진학할 수 있었으며 내 주위에는 많은 사람이 함께하였다. 고등학교에 올라온 지금 나는 벌써 인생에 단 한 번뿐인 고등학생으로 살 수 있는 시절의 절반을 흘려보냈다. 역시나 삶은 그저 생각처럼 단순하지 않았다. 고등학교에 올라와서 다시 중학교 입학 전 초등학생 시절의 나로 돌아간 것은 결코 아니다. 오히려 중학교 시절 나로부터 더 발전했다고 자신 있게 말할 수 있었다. 고등학교에 입학한 후 알 수 있었던 사실은 내가 노력하는 것만큼 아니 혹시 어쩌면 그것보다 더 다른 친구들도 노력한단 사실이었다. 학업에서 번번이 좋은 성적을 얻지 못했다. 하지만 후회는 없다. 예전과 달리 지금은 내 모든 걸 바쳐 시도했으니까. 이제는 이렇게 생각한다. 내가 못났기 때문이 아닌 단지 지금의 나의 노력이 부족했기 때문에. 단지 그 친구가 나보다 더 노력했기 때문에 이번에는 안된 것이라고 나 자신을 믿고 더욱 노력하면 다음번엔 반드시 이루어낼 것이라고. 아직 내게는 인생에 있어 넘어야 할 큰 산들이 많이 남아있다. 당장 내년 나는 어쩌면 가장 중요한 시험일 수도 있는 수능을 보아야 한다. 목표를 이루기 위해 아마 계속해서 노력하고 시도할 것이라 자신을 믿는다. 힘든 길일 것이다. 모두가 그렇게 말하듯 어쩌면 도중에 포기하고 싶어질지 모른다. 미래의 수많은 나에게 부탁한다. 포기하고 싶어질 때면 이글을 보라고 내가 어떤 길을 걸어왔고 앞으로 어떤 글을 걸어갈지 믿고 나아가라고. 앞으로도 나는 계속해서 노력할 것이다. 내가 꿈꾸는 미래에 다가가기 위해 그러기 위해 지금도 나는 '글'을 쓴다.

2022.9.4. 고2의 최진우가 수많은 '나'들에게
  "당신이 할 수 없다고 사람들이 말할 때, 그들은 당신의 한계가 아닌 그들의 한계를 보여주고 있는 것이다." - Kevin Keenoo

최진우 작가님 인스타 : @jin_u_0710

임윤 작가님 후기

"꿈꾸지 않으면, 사는 게 아니라고."

　간디학교의 교가이다. 열 살 무렵, 나와 같은 어린 여자애가 방송에 나와서 노래를 부르는 모습을 보았다. 그때는 그저 막연하게 '와, 방송도 나가고, 예쁜 옷도 입어서 좋겠다….'라고 생각했던 기억이 난다.

　이 교가의 진정한 뜻은 뭘까? 꿈을 꾸지 않는다고, 사랑하지 않는다고 해서 우리가 사는 게 사는 게 아니게 되는 걸까?

　2015년의 나에게는 희망차고, 꿈이 있고, 사랑이 있으면 되겠구나. 그 정도로만 받아들여졌다. 그때는 한없이 예쁘게 느껴졌던 가사가, 지금은 가시덩굴이 되어 나를 옭아맨다. 2022년의 나에게는 가사 하나하나, 그 멜로디 하나하나가 스트레스가 될 뿐이었다. 꿈을 가지라니, 사랑하라니. 바쁘게 살아가는 내 세계에 그런 몽상을 할 시간 따위는 안중에도 없었다.

꿈이 없는데, 진로를 정하는 건 꿈에 겨운 일이다. 당장 내년에 무슨 진로를 따라갈 것이냐고, 학교에서 설문이 내려온다. 숨이 막혀서 엄마한테 설움을 토해내면, 엄마는 이해하시지 못한다. 그저 "엄마 때는 공부만 잘하면 다 됐었는데."라는 말밖에 해줄 게 없다고 하시더라. 열일곱을 살아온 사람들과 열일곱을 살아가는 나는 다른 세상에 존재한다. 애매하게, 적당히, 그나마 잘하는 부분이니까. 자신에게 핑계를 대며 겨우 진로를 정한다. 정작 자신이 뭘 원하는지도 모른채, 계속.

"아무도 가지 않는 길 가는 우리, 정말 아무도 가지 않은 길을 갈 것인가?" 과연 세상을 만들어갈 수 있을까. 온갖 걱정을 하며 누군가에게 이 망상을 털어놓으면, 그는 이해해줄까. 설령 이해한다고 하더라도 그리로 가는 나를 말리지 않고 응원해줄까.

하여, 열일곱을 살아온, 살고있는, 살아갈 사람은 각자 자신만의 다른 이야기를 가지고 있다. 그것을 강요하면 안 된다. 그들은 우리와 완벽한 타인이기 때문에.

최휘성 작가님 후기

유라의 노래를 정말 좋아한다. 그녀의 노래는 항상 난해한 가사로 가득 차 있고, 그 가사에서 느껴지는 섬세한 감정을 좋아하기 때문이다. 나도 평소에 자주 형용할 수 없는 감정을 느끼기 때문에 그런 가사를 좋아했고, 언젠가 그런 글을 써보고 싶었다. 그래서 이 글을 쓰면서 그런 감정들을 다른 사람들에게 풀어내 보았다.

처음 이 글을 쓰기 위해서 모임에 참여했을 때, 스스로 참여한 것은 아니었다. 친구 호찬이가 같이 쓰자고 해서 왔을 뿐이고, 어떻게 진행되는지는 하나도 몰랐었기 때문에 글을 쓰는 일에 아무 대비도 되지 않았다. 하지만 글을 하나둘씩 써보기 시작하고, 나 혼자만 느끼던 생각과 감정을 글로 풀어보며 여러 번의 수정을 거치고 나니, 그제야 나의 마음도 잘 알 수 있게 되었다.

세상은 항상 알 수 없는 이유로 돌아가고 나의 마음도 흩트려놓는다. 과학자들이 많은 것들을 밝혀냈다고는 하지만, 아직 모르는 것투성이지 않은가. 심지어는 하품하는 원인조차도 모른다. 인간관계도 똑같다. 사람들과 대화할 때마다 의문만 커지기도 한다. 그럴 때는 가끔 미친 척하고 뛰쳐나가고 싶고, 온종일 그 사람의 행동이 왜 그랬는지 곱씹어보고는 하지만, 무용지물이라는 것을 자주 깨닫게 된다. 그래서 이런 모든 것들을 이해하고 넘어가는 것보다 그냥 원래 그런가 보다 하고 넘어가는 태도가 필요하다는 것을 자주 느끼게 되었는데 아직은 마음대로 되지 않는다.

이제는 글을 정리해야겠다. 글을 한번 살펴보았는데, 이 글도 모순된 것을 방금 깨달았다. 앞에서는 나의 감정을 이해하자더니, 그 감정을 이해해보았더니 결국 이해할 수 없다는 결론으로 수렴된다. 그래서 이 글도 이제는 하나의 난해란 가사로 보인다. 이래서 원래 글 쓰는 것을 좋아하지는 않지만 에필로그니까 마음대로 쓸 것이다. 확실히 모순이라는 것은 인간의 삶에서 어쩔 수 없는 것인가 보다.

마무리로 이런 글을 쓸 기회를 준 배재윤 작가님과 이호찬 작가님, 그리고 글 고치는데 다양한 의견을 내준 여러 작가님에게 감사의 마음을 전한다.

고건희 작가님 후기

글을 잘 쓰는 편이라고 생각한 적은 없었습니다. 하지만 이번에 글을 쓰면서 같이 작업한 작가님들이 조언을 해주고 위로를 해줘서 자신감을 얻을 수 있었습니다. 글을 쓸수록 스스로 발전하는 모습이 보여서 이 책은 저한테 큰 의미를 가지고 있습니다. 제 글이 많이 부족하고 오글거리지만 도움을 주시고 제 글을 끝까지 읽어주신 분들에게 감사의 말을 전합니다.

이호찬 작가님 후기

글을 써서 책을 낸다니, 믿을 수 없었다. 하지만 선생님의 확신에 찬 표정을 보고 알 수 있었다. 책을 내게 될 것을. 이렇게 책이 나오게 되었고 정말 신기한 경험이었다. 막연하고 멀리 있는 것처럼 보였던 책이라는 것을 만들어가면서 그런 것들이 사라지고 인생 전체에 자신감을 주었다. '책도 한 번 내 봤는데.'라는 생각으로 말이다. 같이 책을 쓴 학생들의 글을 보며 부족함을 느끼기도 했지만 잘 쓰는 것만이 중요하진 않았다. 우리의 생각과 겪어온 일들, 책을 출간하기까지의 기억들을 하나의 기록으로 남기는 것이 더 중요한 일이었다고 생각한다. 고등학생들만이 할 수 있는 이야기들이 누군가에겐 공감을, 누군가에겐 위로를, 누군가에겐 흥미를 주었으면 좋겠다. 많은 사람이 우리의 기록을 봐주기를 바란다

제이 작가님 후기

어른들은 내가 힘들다고 말할 때면 학생일 때가 제일 편하고 좋을 때라고 말했다. 나중에 지나고 보면 별거 아닌 일일 거라고, 그저 하나의 추억일 거라고 참고 견디라고 했다. 하지만 나는 이 말을 좋아하지 않았다. 완전히 반대하는 것은 아니었다. 어른들은 나보다 더 오래 사셨고 학생이었던 시절을 다 겪으셨으니 경험에서 비롯된 말임을 알았다. 하지만 이 말은 학생 시절을 다 겪은 어른이 된 나에게 해야 한다고 생각한다. 나도 내가 어른이 되어서 학생 시절을 떠올리면 "그때가 좋았지." 하며 어른들의 말에 동의할 것이다. 하지만 나는 아직 학생이다. 지나간 시절을 떠올리는 것이 아닌 그 시절을 살고 있다. "학생일 때가 좋지."라고 하기엔 헤쳐나가고 있는 현실이 너무도 버겁다. "그땐 좋았지."라며 과거를 즐겁게 회상할 수 있는 것은 이미 그 순간을 지나왔고 그 순간의 결과를 알고 있고 제삼자의 입장에서 그 순간을 바라볼 수 있기 때문이라고 생각한다. 그렇기에 내겐 미래가 불확실하고 내가 주체가 되어 살아가고 있는 현재가 가장 힘들다. 이런 현재의 고통을 보듬어주기 위해 글을 썼다. 지금을 살아가고 있는 내게 힘이 되어줄 수 있는 글을. 가장 힘든 지금을 버텨내고 있는 당신을 위로할 수 있는 글을.

"지금을 살아가고 있는 당신은 그 누구보다 밝게 빛나고 있다."

김민주 작가님 후기

안녕하세요, 저는 〈괜찮아요, 두려워하지 말아요〉, 〈늙어가는 사람아〉, 〈진실과 진심이 어긋나는 경계〉 총 3개의 글을 이 책에 실은 작가입니다. 저는 어릴 적부터 글 쓰는 것을 무척이나 좋아했습니다. 글을 쓸 때면 나의 속마음을 누군가에게 털어놓는 것 같아서인지 글을 쓰게 되면 머리가 가벼워지는 기분이 들었거든요. 그런데 해가 가고 학년이 올라갈수록 글을 쓸 수 있는 시간은 점차 줄어만 갔습니다. 글을 쓰지 않기 시작하다 보니 차츰차츰 내 감정에 무뎌져 가고, 나조차도 내 마음을 외면하고 스스로와의 소통을 단절하게 되었어요. 이런 까닭으로 저는 이 글쓰기 활동을 하게 된 것을 매우 감사하게 생각하고 있습니다. 덕분에 제게는 나 자신을 마주 볼 수 있는 시간이 주어졌으니까요.

제가 쓴 글에 대해 이야기해 볼게요. 첫 번째 글인 〈괜찮아요, 두려워하지 말아요〉에서는 한 아이가 당신에게 말을 걸고 있습니다. 제 이야기를 그려냈다고 생각하시는 분들이 계셨는데, 사실 이건 제 동생이 저에게 남긴 메시지를 그려낸 것입니다. 어렸을 적의 저는 제 동생만큼 용기 있는 사람이 아니었기에 동생에게 배울 점이 있었고, 그런 저의 배움을 여러분과도 나누고 싶어서, 아니 어쩌면 한 번 더 제 가슴에 새기고자 글을 쓰게 된 것 같습니다. 두 번째 글인 〈늙어가는 사람아〉에서는 한 노인이 당신에게 말을 걸고 있습니다. 앞서 첫 번째 글에 대한 이야기로 미루어 이미 짐작하신 분들도 계시겠지만, 이 이야기는 조부모님께서 제게 남긴 메시지를 그려낸 것입니다. 무슨 17살이 이런 메시지를 이해할 수 있냐는 생각을 하실 수도 있는데, 여러분도 이미 알게 모르게 느껴왔을 감정일 겁니다. 시간이 지나며 무수히 변화하고, 무언가를 얻는 만큼 무언가를 잃을 수밖에 없다는 것을요. 마지막 글인 〈진실과 진심이 어긋나는 경계〉는 동화처럼 느껴지도록 글을 써 보았습니다. 앞선 두 이야기와는 다르게 이 이야기는 살아가며 직접 배운 것입니다. 본인은 좋은 마음을 가지고 행한 일이 다른 누군가에게는 힘든 일일 수도 있다는 것, 그렇지만 이미 지나간 것에 너무 큰 죄책감을 느끼기보다는 앞으로 일어날 일들을 줄여나가자는 내용이 전달되었으면 좋겠습니다.

길을 걸어가는 세 사람 중 한 사람에게는 꼭 배울 것이 있다는 말처럼 우리는 살아가다 보면 은연중에 많은 것을 배우게 됩니다. 하지만 그냥 넘어가는 것이 다반사인데요, 그러한 배움을 글로 남길 수 있다는 것은 엄청난 복입니다. 여러분도 지금 느끼는 감정들과 배움이 기억의 저편 너머로 사라지기 전에 글로 남겨보는 것은 어떨까요? 글로 소통하는 매력을 느낄 수 있을 그 날이 오기를 바랍니다.

이태웅 작가님 후기

 늘 글을 써보고 싶다고 생각했지만, 정작 글을 써볼 기회는 많지 않았습니다. 혹여나 있다 해도 제 글을 세상에 내보낼 기회는 없었습니다. 배재윤 작가님을 통해 좋은 기회를 얻어 제 글을 세상에 소개할 수 있게 되었습니다. 좋은 글이란 무엇인지, 어떠한 주제로 나를 보여줄 수 있는지 등 제 인생에서 이런 기회가 있을 정도로 너무나 좋은 기회를 주신 배재윤 작가님께 감사드립니다. 이글, 이 책을 읽는 모두가 행복한 삶을 살아가고 행복한 사람이 될수 있길 바랍니다.

표지 디자이너, 이혜 작가님 후기

  적란운은 수직으로 높게 발달한 구름으로, 소나기를 내립니다. 구름치고 굉장히 크고 벼락을 치기도 합니다. 표지 그림을 유심히 보셨을지는 모르겠습니다만 표지에 그려 넣은 뭉게뭉게 커다란 구름은 적란운에서 영감을 받았습니다. 커다랗고 하얀 구름 뒤에는 시리도록 파란 하늘이 펼쳐져 있습니다. 우리 삶에서 적란운은 잠시 찾아와 눈가에 소나기를 내리고, 마음에 벼락을 칠지도 모릅니다. 그러나 짧은 수명을 가진 적란운은 금세 사라지고 파란 하늘을 마주할 날이 올 겁니다. 어둡고 아팠던 적란운도 파란 하늘을 만난 후 다시 보면 하얗고 예쁜 뭉게구름으로 기억되리라고 믿습니다. 이 책을 읽어주신 모든 분의 적란운도 그러했으면 합니다.

이 책을 만드는 데 도움을 준 분들

이호찬, 반현진, 고건희, 정서린, 이예은, 윤종하, 이태웅,

조유란, 진효지, 최진우, 최휘성, 김민주, 양경인, 김민주,

김가은, 이윤아, 김채린, 김주희, 안소윤, 이현주, 최현서, 배재윤